# ハニーデイズ

杉原理生

幻冬舎ルチル文庫

CONTENTS ✦目次✦

ハニーデイズ



✦カバーデザイン＝吉野知栄（CoCo.Design）
✦ブックデザイン＝まるか工房

イラスト・青石ももこ✦

# ハニーデイズ

# 1

黄ばんだページをめくると、ふっとなつかしい匂いが漂う。

時の流れを感じさせる古い本には、埃《ほこり》っぽさと黴臭《かびくさ》さと、ひとの郷愁を誘うエッセンスでも含まれているのではないだろうか。

西日に照らされた書庫の匂い。あるいは、古本屋の奥まった場所の少し湿った匂い。

引っ越しの荷造りの手伝いをしていて、書棚を眺めているうちに、ぼく——坂崎国巳《さかざきくにみ》は、ふとある情景を頭のなかに甦《よみがえ》らせた。

子どもの頃、行きつけの古本屋でいつも見ていた官能小説があった。当時は知らなかったが、著名なイラストレーターが装丁を手がけたもので、海外ポルノの翻訳だった。性的なものにちょうど興味をもちはじめた年齢だったから、前衛的で、どこか退廃した空気の漂う人物たちの表情が妙にエロチックに映ったのを覚えている。

ぼくはその本が欲しかったが、小学生の身で海外ポルノ小説を買う勇気はなかった。古本屋のおやじの目を盗んでは、何度か手にとってパラパラとめくった。その瞬間の、不規則な心臓の高鳴りまでもが鮮明に記憶に残っている。

あらためて部屋のなかに視線を巡らせると、庭に面した南向きの窓からは春のやわらかい日差しが降り注ぎ、書棚に詰め込まれた本の背表紙を照らしている。

ここにある本たちも、持ち主にとっては、そんなふうにひとつひとつ生きた記憶をもっているのだろうか。

大学の教員なんてみんなこんなものだと思うが、部屋の両脇《りょうわき》の壁はすべて書棚で埋められていた。真っ先に「地震があったら、絶対に生き残れない」という言葉が頭に浮かぶ。書棚に入りきらない本や書類は部屋のいたるところに積み上げられ、散乱しているありさまだった。

本の匂いに埋もれていると、ぼくもこのなかの一冊になって、部屋を出ていってしまう主の手元においてもらえやしないかと思う。

欲しくて欲しくて——手に入れられなかった。

子どもの頃のポルノ小説を例にあげるのは愚かしいけれども、いま思えば、あれが欲しいと思うものに対しての、人生最初のつまずきだった。

手を伸ばせば届くはずなのに、手に入れられない。そんな厄介なものなら、ぼくはいまも現在進行形で抱えている。

むなしい独《ひと》り遊びと知りつつも、両腕を広げて天井に向かって伸ばしてみた。

落ちてこいよ、と思う。いいかげん落ちてこい、諒一郎《りょういちろう》、ぼくの腕のなかに。

願って叶《かな》うものなら……。

「国巳？　なにやってるんだ？」

いきなりからかうように呼びかけられて、ぼくは「ひっ」と両腕を広げたままバランスを失って、後ろに倒れ込んだ。

戸口に現れたのは、この部屋の下宿人である佐伯《さえき》諒一郎だった。長身の体軀《たいく》は、スポーツらしいことはなにもやっていないくせに、やたらバランスがよくて、すらりとして見える。

諒一郎の端正な容貌《ようぼう》は、黒くて長めの髪に顔のラインを半ば覆われていた。くっきりした二重の瞳《ひとみ》だけ見ると黒目がちで繊細ともいえるのだが、男らしい鼻梁《びりょう》と、大きめの唇が全体の印象に力強さをプラスしていた。とはいえ、眉間《みけん》に皺《しわ》が寄るあたりなど、かなり神経質にも見える。片手で前髪でもかきあげながら本の山に囲まれているところを想像すると、いかにも近現代文学の研究者風情になるところが憎らしい。

諒一郎は大学の文学部で講師をしている。今年高校二年になったぼくよりも、十二歳年上の二十九歳。

ぼくのうちは大学から徒歩圏内で、諒一郎は学生の頃から敷地内の離れの住人だ。子どもの頃はずっと「諒ちゃん」と呼んでなついていたが、ある時期から素直にそう呼べなくなった。ちょうど諒一郎が付属の中学に一時期非常勤で教えにきていたこともあって、それ以来、家でも「先生」で通している。

諒一郎は倒れ込んだぼくを見て、唇の両端をにやりとつりあげた。

「宇宙と交信してるなんていいだすなよ。危ないやつ」

「してないよっ」

あわてて起き上がりながら、ぼくは倒れたさいに崩《くず》れた本の山を直す。諒一郎も腰を下ろすと、散らばった本を積み重ねていった。

「気をつけろよ。おまえみたいにちょっと夢見がちなやつは、変な宗教にでもハマりそうで怖いんだから。童貞のまま、俗世間にサヨナラしたくないだろ」

あまりのいいぐさに、ぼくはむっと唇を尖らせる。いくらなんでも多感な青少年相手にいう台詞《せりふ》じゃないだろう。

「先生は昔に比べて性格が悪くなったと思うのは、俺の気のせいですかね」

「どこかの誰かさんも、昔はあーんなにかわいかったのに、いまはいったいどうしちゃったんですかね」

「成長したんじゃないですか」

負けずにいい返すと、首だけこちらにねじまげて、唇の端をつりあげていた諒一郎はふっと目線を落とした。

「そりゃ結構なことだけど、俺の宝物だったのにな。せつないね」

頬《ほお》に妙な熱と緊張が走ったことを気づかれないように、ぼくはせっせと本を片した。反対から諒一郎の手が伸びてきて、本の上で指さきが重なった。

うろたえるぼくを見ると、諒一郎はからだを寄せてきて、「ところでさ」とさらに顔を近づける。至近距離で向けられる真剣な眼差《まなざ》し。

「おまえ、さっき『童貞』っていったのには、反論しなかったな。やっぱりまだなのか」

「…………」

ぼくがおもむろに本を持ち上げて、諒一郎の頭めがけて振り落としたのはいうまでもない。

「いてっ」

諒一郎は「あーあ」と呟《つぶや》いて、その場に倒れ込む。天井を見上げる横顔は、ひどく愉快そうだ。

黒々とした目を悪戯《いたずら》っぽく輝かせて、両腕を広げ、天井に向かって伸ばす。まるで宙を抱きしめるようなしぐさ——それが先ほどのぼくの物真似《ものまね》をしているのだと気づくのに、十秒ほどかかった。

「国巳、おまえ、さっきなにを抱きしめてるつもりだったんだよ?」

笑いながらこちらを振り返った諒一郎は、ぼくが先ほどよりも分厚い本を積み重ねているのを見て、さすがに目を瞠《みは》った。

「こら、やめとけ。今度はそれで殴る気か」

すばやく起き上がって腕をつかむと、諒一郎はぼくを畳の上にねじ伏せる。仰向《あおむ》けに押さえつけられたおかげで、からかうような笑顔を間近で見上げる羽目になった。

「だから、やめとけっていうのに。——おい、国巳……？」

近すぎて——息が止まりそうになる。

諒一郎はほんの一瞬、弱ったような笑みを浮かべたあと、なにもいわずにぼくの上から退《ど》いた。

「いい天気であったかいな。——春だな」

とぼけたように庭を見やって、縁側に足を伸ばす。その背中を横目に起き上がりながら恨めしいような気持ちになって、ぼくは窓から差し込んでくる陽光に目を細める。

まったくこちらが気まずさを覚えるひまも与えないんだから……。

諒一郎はこの春、非常勤のかけもちから専任講師になった。それを機に、部屋を出ていくことが決まっている。

「国巳？」

なにかいいたげな視線に気づいたのか、諒一郎が「ん？」と頭に手を伸ばしてきた。髪の毛をくしゃっとなでられて、とっさにその手をはじいてしまった。

「子ども扱いしないでください」

「子どもじゃん」

軽くいなしたあと、ぼくがすごむ形相《ぎょうそう》を見て、諒一郎はおかしそうに笑った。

「嘘《うそ》だよ。大きくなったな。もうオトナオトナ」

まるでそんなふうには思ってないくちぶりでくりかえす。

どんなに想っても、いくら願っても、変えられないものがある。ぼくと諒一郎の関係は昔からなにひとつ変わらない。

変わらないことがうれしい一方で、こんなにせつないなんて。


不毛だ、厄介だ。あきらめる言葉なら、いくつでも思いつく。ぼくは世にも無様な恋をしている。

どのくらい無様かというと、相手に気持ちがバレている。しかも一回振られている。いまも思い続けているのに、まったく見向きもされていない——という三重苦の恋。

その片恋の相手である諒一郎に、ぼくが初めて出会ったのは小学校一年生のときだった。

ぼくのうちの敷地内には祖母が暮らしていた離れがあった。八畳と四畳半の和室という間取りの住まいは、祖母が亡くなってから空き家になっていたのだが、そこに下宿人としてやってきたのが諒一郎だった。

「佐伯諒一郎です。お世話になります」

諒一郎が初めてうちにやってきた日のことを、ぼくははっきりと覚えている。第一印象は背の高い男。当時は諒一郎も高校を卒業したばかりで、礼儀正しく頭を下げるさまが初々《ういうい》しくすらあった。

黙っていると彫像のように端正な顔立ちは、笑ったときだけ黒目がちの瞳がふわりととろけて、表情が甘くなった。

諒一郎は階段の脇に隠れるように立っていたぼくに気づくと、思わぬオモチャを見つけたように笑いかけてきた。人見知りの激しいぼくはぎょっとして顔をそむけたが、その反応がかえって興味をひいたらしい。

とにかく珍しかったんだ——と、あとになってから、諒一郎はぼくに話した。

「俺のうちは三人全部男なんだけど、子どもの頃はお客がきたら、とにかくはしゃいだ記憶があるんだけどな。なのに、国巳、おまえはこっちが笑いかけても、愛想笑いのひとつもしやしない。まったく腹が立ったよ」

おとなしくて、すましているぼくがとても奇異に映ったらしい。これはぜひとも俺がかまってやらなくてはと思ったという。

ぼくが「諒ちゃん、諒ちゃん」と諒一郎のあとをついて回るようになるのに、たいして時間はかからなかった。

小学校から帰ってくると、真っ先に諒一郎が離れにいるかどうかを見にいった。初めは

「ひとりっ子だから内気で心配してたけど、明るくなってよかったわ」と喜んでいた母も、やがてぼくが離れに入り浸るようになると眉《まゆ》をひそめることが多くなった。

「諒一郎くんだって、あんたの相手ばかりしてるわけにいかないのよ」

一度、夜中に部屋を抜けだして離れに行くのを見つかって、両親に大目玉をくらったことがある。母はぼくを連れて諒一郎に謝罪しにいった。

「この子は子どもだから、ほんとに遠慮ってものを知らなくて……ご迷惑かけて、ごめんなさいね。今度きたら、追い返してもいいですから」

母が頭を下げるのを見て、ぼくは泣きそうになった。ぼくだって、考えなしに諒一郎のところに遊びにいっていたわけではない。諒一郎が大学の友達を連れてきているときや、勉強をしているときには決して邪魔をしないようにしていた。それなのに……。

「いや、大丈夫ですよ。こっちは全然迷惑になんて思ってないから」

諒一郎は背をかがめてぼくの顔を覗《のぞ》き込むと、「泣くなよ」と鼻をつまんだ。ぼくはよけいに鼻の奥がつうんとなった。

「お、俺……諒ちゃんのとこに遊びにいっちゃいけないの？」

「いいんだよ。おまえがこないと淋《さび》しいよ」

諒一郎が「よしよし」とぼくの頭をなでる隣で、母親はひたすら「もう甘えてばっかりで」と申し訳なさそうにしていた。

「いいんですよ、俺は子ども、好きだから」

母親に「子どもだから」といわれるのもいやだったけれども、諒一郎に子ども扱いされるのはもっとおもしろくなかった。ぼくは諒一郎と年が離れていることが不本意でならなかった。

あの頃、真面目《まじめ》に考えて、願っていたことはひとつだけ。早く大きくなりたかった。ぼくが同い年の大学生だったら、諒一郎はもっと仲良くなってくれたかもしれないのに。

「ねえ、諒ちゃん」

ある日、両親の許可をもらって、諒一郎の離れの部屋に泊まったとき、ぼくは布団のなかで不満を訴えてみた。

「諒ちゃんは俺が子どもだから仲良くしてくれるの？　大人だったら、もっと仲良くしてくれたよね。俺、どうして諒ちゃんと同い年じゃないんだろ。……悔しいんだ」

隣に寝ていた諒一郎は目をぱちくりとさせた。

「それは——」

ぼくが真面目に話しているので、なんとか噴きださないでおこうという気遣いだけはあったらしいが、目がすでに笑っていた。

「なんで笑うの？」

「いや、笑ってないけど」

諒一郎は口許《くちもと》を手で押さえていたが、やがて「降参」と声をたてて笑いだした。

ぼくが怒ると、諒一郎は「ごめん」と謝った。だが、しばらくひとりでおかしそうに笑い続けていて、ぼくをこのうえなく不愉快にさせた。

「国巳、おまえはほんとにかわいいよ」

やがてからかうような表情から一変して、諒一郎はやさしく笑いかけてきた。

胸に不思議な棘《とげ》が突き刺さった。甘いけれども、痛い――その不自然な痛みは隠さなければならないように思えて、ぼくはことさら憤慨した顔をつくった。

「馬鹿《ばか》にしてるんだ」

「違うよ。俺のほんとの弟だって、そんなかわいいこといいやしない。感動したんだよ」

ふくれっ面《つら》になるぼくの頰を、諒一郎は軽くつねった。くすぐったくて、アメ玉を口いっぱいに頰張ったみたいな幸福感が広がっていく。

「いい子だな、ほんとに」

ぼくも相当な甘えん坊だったけれども、諒一郎の甘やかしかたも度が外れていた。

ぼくが諒一郎に「かまってかまって」とまとわりついていたのは、この甘いくすぐったさが癖になっていたからに違いない。そばにいれば、口のなかにずっと溶けない魔法のアメ玉があるみたいに思えた。

子ども時代の記憶は、土の奥深くに埋めてしまいたくなるほど気恥ずかしくて、時折、掘り返しては泥だらけになっても抱きしめたくなるほどいとおしい。

しかし、どんなにいとおしくても、いまは昔の話——ぼくはもう無邪気な子どもではなくて、「かまってかまって」と甘えるわけにもいかない年齢になってしまった。

いま思えば、あれは最良の日々だった。どうしてなんの保証もないのに、諒一郎はぼくのそばにずっといてくれると思っていたのだろう。それを疑ったことはなかった。

そばにいるのはあたりまえで。ただ話してくれればうれしくて、かまってもらえれば満足で——それ以上の感情があるとは思ってもみなかったのだ。あの頃はまだ。

2

土曜日、友達の家から帰ってくると久しぶりに離れが騒がしかった。諒一郎の大学時代の友人たちが遊びにきているらしい。夕闇《ゆうやみ》のなか、灯《あか》りのついた離れの縁側から見知った顔が「あ、帰ってきた」と手を振ってくれた。

「国巳くん、元気ー？」

昔からよく遊びにきていた橋本《はしもと》さんという女性だった。

狭い部屋のなかに男女六人ばかりが集まって、宴会が開かれていた。だいぶなつかしい顔もある。久しぶりの飲み会をかねて、諒一郎が専任講師になったお祝いをしているらしい。

「おいでおいで。お寿司《すし》あるから」

「あ……いえ」

邪魔をしてはまずいだろうと一応遠慮しながらも、ちらりと友人たちのなかに「あの顔」があるかどうかをさがす。

――いない。いるわけはないのに。

「国巳、こいよ。食べてけって」

諒一郎が奥から現れて、屈託のない笑顔で手招きする。

さすがに本人から誘われてはことわるわけにもいかなくて、ぼくは「じゃあ」と頭を下げつつ中に入った。

ハイ、とすすめられるままにグラスをとると、ビールを注《つ》がれそうになってぎょっとする。

「いえ」と辞退する前に、諒一郎の手がさっとビール瓶をもっている手を押しとどめた。

「駄目。こいつはジュース」

「えー、過保護。いいじゃない。お祝いだから、一口だけ」

「馬鹿。当然だろ」

しっしっと追い払うしぐさをしながら、諒一郎は場所を移動してきて、ガードするようにぼくの隣に腰を下ろす。うれしいけれども、まるきり子ども扱いなのが癇《かん》に障った。その場がしらけてしまったような気がして、ぼくは「お正月のときとか、ちょっと飲んでるけど」と口にした。

「親御さんが許可してるときは別」

にべもなくいいきって、諒一郎はじろりと睨《にら》む。なんだよ、いつになく「先生」ぶるじゃないか。

橋本さんが同情するようにぼくを見た。

「こんなうるさいのがそばについてたら、国巳くんも息苦しいわよね。佐伯くんがめでたく自立することができて、ほんとによかった。だいぶ時間がかかったけど」

「うるさい」

「あらー、国巳くんだって、せいせいするよねえ。怖いお兄ちゃんに監視されなくなって」

「ええ、まあ」

　ぼそりと答えると、諒一郎は「ふうん」と唇をゆがめた。

「せいせいしてんの？　そうか、そうか。お兄ちゃんはもう用済みか」

「そ……そんなこといってないじゃんっ」

「実の弟よりかわいがってきたっていうのに、この仕打ち。国巳も大人になったもんだ」

「だから、用済みなんていってないっ」

　あわてて声をあげると、小馬鹿にしたような笑顔にぶつかった。こっちの反応なんて見越しているくせに、ぼくが焦るさまを確認して、喜んでいるらしい。諒一郎はそれみろ、とばかりに余裕の表情になる。

「そうだよな。まだかまってほしい年頃だもんな」

「だ……誰がっ」

　周りのみんなか「ほんとに昔から仲いいねえ」と笑うのを、ぼくは複雑な気持ちで聞いていた。違う。いつまでも「かわいい弟」扱いされたいわけじゃないのに。

　橋本さんがすかさず「駄目よ」と諒一郎をいさめる。

「国巳くんだって、そろそろお兄ちゃん離れする頃なんだから。あなたみたいなのがついてちゃ、彼女もできないじゃない。佐伯くんも、いつまでも遊んでもらえないのよ」

周りからも「そうだそうだ」と同調した声が飛ぶ。

「佐伯だっていろいろ考える時期だろ。おまえ、彼女とかいないの？　ほんとにひとりで住むのかぁ？　誰か隠してるんじゃないの？」

「いないよ、ばーか」

二十九歳のいいオトナとは思えない返答に、全員がくすくすと笑いながら顔を見合わせる。

そこはぼくも気になっていたところなので、すかさず便乗して質問してみた。

「で……でも、母さんもいってたけど。先生はうちを出て、彼女と同棲《どうせい》するつもりなんじゃないかって。諒一郎くんもいい年だし、待たせてる彼女がいるんじゃないかって。ほんと？」

「どこにそんな相手が？　だいたいそんなひまありゃしないよ。くそ忙しいし」

諒一郎は不機嫌そうに答える。その表情が嘘をついているとは思えなかった。

だけど、その気になれば、相手がいることをぼくに完全に隠しとおすなどたやすいだろうから安心はできなかった。

お友達たちも疑わしく思っているらしく、「ほんとか？」と諒一郎の表情をさぐる。

「おまえ、その年でなにもナシ？　嘘だろー？　女子学生とか、いっぱいいるだろ」

「そんなの怖くて手を出せるか。考えたこともなかったよ。学生の顔には、一コマいくらって、講師代の金額貼《は》りつけて見てるからな。お客様ですよ」

「またまた。でも、学生じゃなくても、ちょっとはいいなと思う相手もいないわけ？」

「紹介してくれよ。おまえらだって、そんな豊かで薔薇色《ばらいろ》の人生送ってるわけじゃないだろ。なんで俺だけイジメるんだよ」

「そうよ。ようやく定職についたんだから、まだまだこれからよねえ」

橋本さんの嫌味っぽい声に、諒一郎は「人妻は余裕だな」と顔をしかめる。

橋本さんは卒業してからもたびたび諒一郎のところを訪れていた。いつも誰かと一緒で、決してひとりではこなかったが、実は諒一郎のことが好きなんじゃないかとぼくはひそかに疑っていた。もし、諒一郎が再び誰かとつきあうことがあるなら、彼女なんじゃないかと。

でも、一年前に彼女はほかの男性と結婚してしまい、諒一郎とはなんの進展もなかったことが判明した。それとも、最初から諒一郎のことはただの友達だったのか、真実はどうなのか知らない。だけど、橋本さんがいっときでも諒一郎を好きだったのではないかというぼくの勘は外れてないと思う。よく気がつくやさしいひとなのに、諒一郎にだけはポンポンと遠慮なくものをいうからだ。それは照れ隠しなんじゃないかと思っていた。

橋本さんが結婚したと聞いたときには、ほっとしたのが本音だけど、彼女が好感のもてるひとだっただけに、どこか淋しくも感じた。

——諒一郎は、まだ誰も好きにならない。

見えない心の奥に呪《のろ》いをかけられたみたいに、誰も受け入れようとしない。あのひとと別れてから……。

「結婚したやつって、ほかに誰かいたっけ？」

「立花《たちばな》くらいじゃない？　あいつは早かった——」

その名前が出た瞬間、ドキリとした。

諒一郎の顔を横目にちらりと見たが、表情に変化はなかった。とりつくろっているのかもしれないが、穏やかな目をしている。

ぼくのほうがむしろ動揺してしまって、「親も夕飯を用意してるから」とそそくさと逃げるように腰を上げて離れをあとにした。

その夜は遅くまで離れからにぎやかな声が聞こえてきた。十一時過ぎにもう一度窓から覗くと、ちょうど友人たちが帰るところだった。諒一郎が門扉のところまで見送りにいって戻ってくる姿が見えた。

もうパジャマに着替えていたけれども、ぼくはあわてて階下におりて外に出た。春とはいえ、夜気はやはり少し肌寒い。庭に出た途端にくしゃみがでた。

「先生」

離れのドアに手をかけていた諒一郎は、驚いたように「どうした」と振り返った。

「夕飯食べたら、またこっちにくるかと思ったのに。こなかったな」

「だってお邪魔でしょ」

「そんなことないよ。みんなマスコットみたいに思ってるから」

子ども扱いするなといつもいっているのに、あきもせずにこういった言動をくりかえすのは、諒一郎がわざとぼくとの距離をおきたいと考えているからだろうか。

「――なにか話？」

ドアの前であらためて問われる。

「とくに……話ってわけじゃないけど」

用がないのだったらこんな真夜中にひとりで部屋には上がるな、といわれているようでとまどった。その証拠に、諒一郎はなかなか室内に入ろうとしない。

「先生、さっきのほんと？」

「さっきのって？」

諒一郎がどことなく不機嫌そうに返したので、追及する気力が萎《な》える。ちょうど再び寒気が襲ってきて、ぼくはくしゃみをしながら身を縮こまらせた。

「ほら、そんな格好でくるから」

諒一郎がためいきをつきながら自分の上着を脱いで、ぼくにかけてくれた。咎《とが》める声とは反対のやさしい体温。そのぬくもりを感じとったおかげで、再び声を搾《しぼ》りだせた。

「母さんがいってたことだよ。誰かいいひとがいて……うちを出たら、同棲とかするんじゃないかって。でも、そんな相手はいないっていってたでしょ？　あれ、ほんと？」

「みんな気が早すぎるよ。プレッシャーかけないでって、おばさんにいっておいてくれ。そんな甲斐性《かいしょう》ありません」

「そ、そうだよね」

「同意されたらされたで腹立つな」

諒一郎は笑いながらぼくを睨みつけたあと、ややうんざりしたように息を吐く。

「みんな、そんなに俺に誰かと早くくっついてほしいのかな。本人はそんな気ないいんだけど」

「お、思ってない。くっつかなくていいっ」

本音が飛びだしてしまった。諒一郎が目を瞠るのを見て、ぼくはあわててごまかす。

「……だって、俺にも彼女とかいないし。だから、先生もまだいいよ」

「おまえがまだだから、俺も？」

おかしそうな笑いを見て、よかった、変に思われてないと安堵《あんど》しながらも、心臓の鼓動がやけに大きくなってどうにかなってしまいそうだった。

「よしよし、俺は国巳がお婿《むこ》にいくまで待っててやるからな」

「ば……馬鹿にしてる？」

「なんで？　だって先越されるのがいやなんだろ？　おまえが幸せになるのを見届けてから、俺は自分の相手をさがすよ」

それがほんとうなら、諒一郎はまだ当分誰のものにもならない。だけど、ぼくのものにもならない。

はっきりしているのは、まったく相手にされていないこと。そんなことは以前からわかっていたのに――ここまで堂々と明言されてしまうとさすがに凹《へこ》んで、しゃべる元気もなくなってしまった。

「……おやすみなさい」

踵《きびす》を返そうとすると、諒一郎は「風邪引かないようにな」とぼくの肩に手を置いた。

電気が走ったように感じて、ビクリとからだを揺らす。あまりにも不自然な反応に、諒一郎が驚いたように動きを止めた。

いきなりさわるから……冷えていた肩にふれてきた指さきの体温が、思いのほか高いことにびっくりしてしまったのだった。ぼくは不用意に真っ赤になりながら、あわててそれをごまかすためにうつむく。

「国巳、おまえさ……」

さぐるような視線を向けられて、そのまま下を向いているわけにもいかずに「なんですか」と強気に面《おもて》を上げた。まだ火照《ほて》りの残るぼくの顔を見て、諒一郎は微笑《ほほえ》んだ。

「いいや、なんでもない」

いつも意地悪くからかってくるくせに、なにもいわれないことがよけいにぼくの頬の熱を上昇させる。

「おやすみ」

ぼくが母屋に向かうと、諒一郎は離れのドアを開ける。ちらりと振り返ると、後ろ姿がドアの向こうに消えていくのが見えた。

相手にされてないなんて、十二歳のときからわかっていたこと——ぼくはあの頃と同じく心のなかで「諒ちゃんの馬鹿」と呟く。


「先生、もう引っ越すの？」

学校帰り、家に遊びにきた平山健史《ひらやまたけし》が離れのなかのダンボール箱の山を目ざとく発見した。

ひょろりと背が高く、いつも飄々《ひょうひょう》としている健史は、驚いてもあまり表情が変わらない。なかなか整った容貌をしているが、目が切れ長で細く、顔立ちが淡白なせいだ。

「うん。来週の土曜日だって」

「ずいぶん早く決めたんだな。ようやく職が安定したから、引っ越すかもしれないっていってたの、四月になってからじゃなかったのか」

健史は部屋の窓から、離れの建物をしげしげと眺めた。小学校からのつきあいなので、諒一郎のことは昔から知っているし、中学のときは一緒に諒一郎の授業を受けた仲でもある。

「引っ越すことは前からずっと考えてたんだよ。住むところも見当をつけてたみたいだし」

いつかこの日がくることはわかっていたけれども、引っ越しが翌週に迫った今日になっても、いまだに喜んで見送る気になれない。

おめでとうといってあげなければならないのに、窓から見える初夏のような青空とは正反対に、ぼくの心はどんよりと曇《くも》るばかりだった。

十二歳の年の差は決して縮まらない。高校生になっても、諒一郎には自分が望むような対象としては意識されておらず、ぼくが大人になったころには相手はもっと先に進んでいる。あたりまえの事実をあらためて思い知らされたのだった。

(国巳、おまえさ……)

あのとき、なにをいおうとしたのだろう。

「——で、なんでおまえは落ち込んでるの？　まだ先生のこと好きなわけ？　いいかげんあきらめれば？」

健史にあきれた顔をされるのも無理はない。打ち明ける以前から、諒一郎を好きなことは知られていた。健史にいわせると、ぼくの気持ちは全部顔に書いてあるそうだ。

幼馴染《おさななじ》みの恋路だから応援してくれてもいいはずなのに、健史は昔からつねに否定的だ。相談しようものなら、「おまえ、一度振られたのに、しつこい」と罵《ののし》られる。「やめとけ」ということで、ぼくが再び傷つかないようにしてくれているのかもしれないけれども……。

「あのひと、基本的に女のほうが好きなんだろ？　前のが特別だっただけで、男が好きってわけじゃないじゃん」

「うん……」

そう——実は諒一郎には大学の頃につきあっていた男がいる。

たしかに特別だった。諒一郎が男とつきあったのは、たぶん彼だけだ。そしてぼくが知っている限り、諒一郎はその彼と別れて以来、誰ともつきあっていない。そういう意味でも特別だった。

「無理だよ。どう考えても可能性ないよ。その彼はいかにもって感じのそそる美形だったんだろ？」

「でも、なんか陰気だったたし。普段仲良くしてる友達とはまったくタイプが違ってたから、どこで気が合ってるのかもわからなかったし」

「あのな。ちょっとこう雰囲気があるやつに弱いってパターンはあるの。友達選ぶときとは基準が違うよ」

「そのタイプだけが好きとは限らないだろ。好みも変わるかもしれないし。たしかに俺は色気ないけど」

「どうかなあ？　バリエーションはあっても、根っこの部分は変わらないよ」

「そんなに……駄目かな」

健史に駄目だしをされるのはいつものことで慣れていたが、さすがに「タイプが違うから無理だろ」といわれるのはしんどかった。持って生まれたものは、努力ではどうしようもない。諒一郎がつきあっていた彼とぼくは、たしかに正反対なのだ。

健史は「ふむ」とあらためて観察するようにぼくを見つめる。

「まったく駄目とは思わないんだけどさ。おまえ、なかなかかわいいから」

「え？」

「女しか駄目なやつだって、アリかナシかっていわれたら、一応考えてみると思うんだよ。おまえ、女顔だし、肌つるつるだしな。でも、いくら肉体的には可能でも、俺はおまえをやろうとは思わないなあ。気色悪いもん」

「あ……あたりまえだろ。俺だってごめんだよ」

あまりにも容赦のない言葉に、ぼくが耳をぐいっと引っ張って抗議すると、健史は「いてて」と眉をひそめた。

「違うって。俺がいいたいのは、どんな関係であれ、おまえを特別に思ってるやつのほうが、そうなる可能性はないってこと。むしろ、全然関係ないやつのほうが、間違い犯す確率はある。まだ、おまえがぽっと出のゲイとして先生と出会ったほうが望みがあるよ」

「なんだよ、ぽっと出のゲイって」

「俺は正直、先生がおまえにそんな感情もつとこ、想像できないもん。特別って、ある意味、なんにも関係がないよりもキツイよな」

いわれなくてもとっくの昔にわかっている。諒一郎はそういう意味ではぼくを振り返らない。

「おまえが健気《けなげ》に待ってたって、それこそおまえの目の前でぽっと出の誰かさんに先生もっていかれちゃう可能性が高いぞって俺はいいたいの。だいたい先生が、おまえの気持ちがバレバレなのに、なにもいってこないのが――」

話の途中で、健史がふいに窓の外に首を伸ばした。つられて視線をやると、諒一郎が離れの鍵《かぎ》を開けているところだった。話し声が聞こえるわけはないのだが、なんとなく気まずい。

「先生、いつもこんなに早いのか？」

「またすぐに大学に戻るよ。なにか取りにきただけだと思うけど。週末までに学会の事務局に提出しなきゃいけない書類があるから、今週はずっと夕食は大学で食べるっていったし」

「ふうん――」

健史はなにやら腕組みして考え込む。そして突然なにを思ったのか、窓を開けて「国巳！」といきなり大声を張り上げた。ぎょっとするぼくの腕をつかんで、窓ぎわに引っ張っ

ていく。

「俺、さっきもいったように、おまえだったら、男でもアリだと思うんだ。ほら、こうしてさわっても、気持ち悪いと思わないもんな」

「いきなりなにいって……」

とまどいをよそに、健史はぼくにからだを密着させながら、窓の外にちらりと視線を向けた。叫び声が届いたのか、諒一郎が離れの玄関のドアを開けたまま、二階のぼくの部屋の窓を見上げる。

「あ、先生。お元気ですか？」

健史が手を振ると、諒一郎は眉をひそめた。

「おまえら、なに恥ずかしいことといって、騒いでるんだ？　丸聞こえだぞ」

「国巳が俺のこと、いくら幼馴染みだからって、ベタベタしてきて気持ち悪いっていうから」

「なにいってんだよっ、馬鹿……」

ぼくはあわてて健史の口をふさぐ。諒一郎は「近所に聞こえると、変な評判がたつからやめとけよ」と肩をすくめたあと、さっさと部屋のなかに入っていってしまった。

「——おまえ、どういうつもりだよ！」

ぼくが窓ガラスをぴしゃりと閉めて怒鳴ると、健史はしれっとした顔をした。

「可能性があるかどうか、確認してやったんじゃないか。俺がおまえにベタベタしてたら妬《や》くかと思ったのに、全然動じないな。国巳、こりゃ、だめだわ。やっぱりあきらめろ」

「よけいなことするな」

「先生の反応見たいんだろ？　あのひと、おまえがカマをかけたって、絶対にボロなんかださないぜ。第三者が揺さぶってやったほうが効果的に決まってる」

いつも諒一郎の気持ちをさぐろうとしてもはぐらかされるのは事実だったが、健史と親しくしたとしてもヤキモチをやくとは到底思えなかった。

「でも、おまえじゃ効果ないよ。先生、健史のことよく知ってるもん」

「まだわからないだろ。さっきは平然としてたけど、ああいうのはじわじわ効いてくるんだ。時間がたつと、先生の頭のなかにも『ひょっとして、あいつら……』という疑念が渦巻いて、俺にヤキモチやいて初めて国巳が大切な存在だって気づいたりする——かもしれない」

「そんなうまくいくもんか」

「まあ、国巳のことをなんとも思ってなかったら、スルーだろうけどな」

健史が窓の外をちらりと見て、「しっ」というように唇に指をあててみせた。

視線を追うと、諒一郎が離れから出てくるところだった。やはりもう一度大学に戻るつもりらしい。ぼくたちのことなど眼中にないらしく、二階の部屋の窓を見上げようともしない。

もし気にしていたら、ちらりとでも様子をうかがうんじゃないだろうか。あんな下手《へた》な芝居でヤキモチをやくと期待していたわけではないが、完全に無視されるとショックだった。だが、足早に門に向かっていく諒一郎を目で追っているうちに、ぼくは「おや」とあることに気づいた。

通り過ぎる諒一郎の横顔は、ひどく固い表情を浮かべていた。決してこちらを見るまいと意識して視線を固定しているみたいに、不自然なほど頑《かたく》なに前を向いている。そして、その唇は明らかに不機嫌そうにゆがめられていた。

その夜、離れの電気がついたのは、だいぶ遅くなってからだった。ぼくは母屋を抜けだして、ほのかな灯りが見えるガラス戸を叩《たた》いた。

「先生」

帰ってくるなり畳の上にどっと倒れたらしく、諒一郎は座布団を枕にして寝そべっていた。ぼくの呼びかけに気だるそうに起き上がると、窓を開ける。

「どうした？　こんなに遅く」

「いや……ちょっと……」

また部屋には上げないと無言のうちに拒絶されたらどうしようかと思ったが、その夜は不意打ちのせいもあったのか、諒一郎は「上がれば」とそっけなく部屋のなかを示した。億劫《おっくう》そうに、寝起きで乱れている髪の毛をかきあげる。

「なんとなく今日はくるんじゃないかって気がしてたよ」

それはどうして？　という問いを飲み込んだまま、ぼくは部屋に上がり込む。

部屋の電気は消えていて、机の上のライトスタンドがついているだけだった。室内はその小さな光に照らされているが、灯りが届かないところは暗い。そのせいか、いつもと違った空気が流れているようだった。

座る前に部屋の電気をつけるべきだったと後悔した。この薄暗さは、妙に心臓に悪い。

「先生、寝てたの？」

「ちょっと疲れて、横になったんだよ。おまえがこなきゃ、そのまま眠ってたな」

たしかに疲労がたまっているのか、目の下に翳《かげ》りが見える。諒一郎は散らばっている本を手にとってはパラパラとページをめくった。こんな薄暗さでは読めるはずもないのに。

昼間の馬鹿みたいな健史のお芝居を、諒一郎がどう思ったのか知りたかった。

先生、ぼくと健史がじゃれあっているのを見て、不愉快になってなかった？　ヤキモチやいた？

そんなことはあるはずがないと打ち消しながらも、もしかしたら……と期待している自分がいる。

「荷物整理はできたんですか？　引っ越し、来週でしょう？」

「本はほとんど置いてくよ。おじさんが当分使う予定もないし、どうせ物置になるから、そのままでいいっていってくれてるから」

ぼくの両親にとって、諒一郎はもうひとりの息子のようなものだ。二人とも淋しいと思っているのだろうが、「毎日ごはん食べにきてもいいのよ」とか「離れを書庫代わりにしてもいい」とはいっても、決して「もう少しここに住んでたらどうだ」とは口にしない。

諒一郎がうちを出ていく。それはあたりまえのことだから。

「先生、ほんとに出ていっちゃうんだね」

しみじみと口にしたのは、このときが初めてだった。心のなかでは「ずっといてほしい」と何度もいっていたけど。

諒一郎は意外そうに目を見開いた。

「なんだ。まるで淋しがってくれてるみたいじゃないか。最近、憎まれ口ばかり叩いてるから、せいせいするっていわれるのかと思ったよ」

「憎まれ口きいてるのは、先生のほうですよ」

「――そうかもな」

揶揄《やゆ》されるとばかり思っていたら、いきなり神妙な顔を見せられたことにとまどう。憎まれ口をきいていても、ぼくだってほんとは……。

「引っ越しても、近いから遊びにいってもいいでしょ？」

なぜか諒一郎の返答はそっけなかった。

「いいけど、用もないのに、入り浸るのは禁止だな」

「なんで？」

「おまえもいつまでも俺にくっついてたら駄目だろ。そういうのは、そろそろやめにしなきゃな」

「でも……昔みたいにベタベタ甘えてるわけじゃないじゃないか」

「それでも駄目だよ。俺は絶対にくるなっていってるわけじゃないだろ？　用もないのに入り浸るつもりなのか？　おまえは」

諒一郎はどこか小馬鹿にしたように「やっぱり子どもだな」といいたげな目をした。そんな態度をとられれば、ぼくが反発せざるをえないとわかっているくせに。

「そうじゃないけど……」

「じゃあ、決まりだ。そろそろお兄ちゃん離れしろ」

やんわりと諭すような口調のなかにも有無をいわさぬものがあった。さりげない語調とは裏腹に、厳しく引き結ばれた口許《くちもと》からは、「この件に関しては決して譲らない」という意思が伝わってきて、ぼくは引き下がるしかなかった。

なんでいきなり？　いままでそんなことはいわなかったくせに……。

半分影になっている——諒一郎の顔。ボタンを外したワイシャツの襟元《えりもと》から、首すじがのぞいている。そのがっしりとしていて、喉仏《のどぼとけ》から続くなめらかで力強いラインを見ているうちに、ぼくは息苦しくなった。

諒一郎にとって、ぼくはアリなんだろうか、ナシなんだろうか。

「——国巳、平山と相変わらず仲がいいんだな」

「え？」

諒一郎は「けっこうなことだな」と呟いてから、気難しい顔つきで足元に転がっている本を再び手にとってめくった。

一拍遅れて、心臓が高鳴った。まさか、あの下手な芝居が通じた？

啞然《あぜん》としているぼくを見て、諒一郎は苦笑した。机上《きじょう》のライトに半分だけ照らされた顔は不明瞭な輪郭を描いていて、もしかしたらぼくには読みとれない感情が映しだされているのかもしれなかった。

「友達だと思ってたら、そうじゃなかったってこともあるからな。おまえらもありえるんじゃないのか」

「お、俺と健史？　ナイナイ、あいつは女好きでっ……！」

とっさに「ヤキモチをやかせて反応を見る」という作戦すら忘れて、ぼくは叫んだ。諒一郎は「そうなのか？」とおかしそうに唇をゆるめて本を閉じた。

「俺も自分は女好きだと思ってたけどな。俺の場合は、そうだったよ」

一瞬、絶句する。ごくりと息を呑《の》んでから、ぼくは諒一郎が以前つきあっていたひとの名前を口にした。

「た……立花さんのこと……？」

諒一郎が学生時代につきあっていた男——立花靖彦《やすひこ》。

諒一郎は「そう」と頷《うなず》いたあと、ぼくと目を合わせるのを避けるように、本を置いた畳の上に視線を走らせた。

「最初は友達だったんだよな。だけど、気がついたら、違ってたな。人間の感情なんて、そうそう自分で思い通りにコントロールできるもんじゃない。だから、怖いな」

どうしていきなり立花靖彦のことをいいだしたのか。いままでふれないようにしていたのに。

諒一郎は片膝《かたひざ》をたてて抱えながら、物思いに耽《ふけ》る顔つきになった。自身でも考えあぐねて途方に暮れているようにも見えた。

「あれは——失敗だったと思ってるよ」

立花さんとつきあったことが？

諒一郎はぼくがそこにいることなど忘れているのか、それともあえて独り言としていっているのか、目をそらしたまま呟いた。

「ひとを好きになるのは、怖いな。コントロールできなくなるのが最悪だな。もうあんなことはごめんだと思ったよ」

諒一郎はしばらくぼんやりとした目をして、放心したように畳の線を凝視していた。

ぼくは身じろぎひとつできずに固まっていた。あまりにも緊張しすぎて、膝が震えだしたぐらいだ。喉のところまで「なんで今夜に限って、俺にそんなことをいうんですか？」という問いがでかかったが、なにも言葉にはできないまま、胸のなかで怖いくらいの期待がふくらんでいく。

ふと我に返ったように、諒一郎がぼくを見た。

「――変なことといったな」

いままで惚《ほう》けていたことなど忘れたように、諒一郎は唇の端で笑う。

「この薄暗い部屋のせいだな。なんだか国巳といるんじゃないような気がしたよ」

「俺がいるって忘れてたんですか」

「忘れてやしないよ。おまえだから、話したんだ」

先ほどのまでの緊迫感は消え失《う》せて、諒一郎の黒々とした目にやさしい光が宿った。

「もう部屋に帰れ。遅いんだから」

諒一郎は立ち上がると、天井の照明をつけた。目に差し込む蛍光灯の眩《まぶ》しさが、先ほどまでの薄明かりがもつような、不可思議な時間の痕跡《こんせき》を消した。ぼくはそれこそキツネにつままれたように瞬きをくりかえした。

「暗いと、変な気分になるな」

諒一郎は困ったように早口で呟いた。その目を合わせない様子を見ているうちに、ぼくの頬にさっと熱が走った。摩擦熱みたいに、痛い熱。

「先生は、ズルイ」

思わず口走ると、諒一郎は少し驚いた様子で顔を見せた。

目線が合う。震えながら、奇妙な熱に頬を火照らせて口を引き結んでいるぼくを見て、諒一郎は微笑んだ。

「――おやすみ」

離れを出て、母屋の部屋に戻ってくるまで、胸の鼓動がうるさいぐらいに高鳴っていた。すべてがその音に飲み込まれて、消えてしまうのではないかと思うほど。

自室に入ると、ぼくは電気を消したままベッドに横たわり、先ほどと同じようにライトスタンドの灯りだけをつけた。

小さな灯りは、いつもは目に見えないものをくっきりと浮かび上がらせる。不思議な陰影に彩られた時間をつくりだす。

(ひとを好きになるのは、怖いな。……もうあんなことはごめんだと思ったよ)

ありえないくらいに心臓が早鐘を打ち続けている。防衛本能だ。胎児のように丸くなりながら、いまはこういう体勢をとらなければ、胸が破れてしまうと思った。自分の気持ちが飛びだして、際限なく高いところまで飛んでいってしまいそうで。

健史の馬鹿め。なにが無理だって？　可能性がないって？

諒一郎がぼくに立花さんのことを話した。ぼくに昔の恋人のことなんて話して、なんの意味がある？　だけど、諒一郎にとっては意味があるから話した……。

ぼくはからだをまっすぐに伸ばし、薄暗い天井に向かって手を伸ばしてみた。いままで決してつかまえられなかったものが指さきをかすめていく期待に目を閉じる。

――届く。

――届くはずがない。

口のなかで何度か呟いてみる。

幸福と不幸の狭間《はざま》を行ったりきたりしながら、ぼくはその夜、眠れなかった。

## 3

いつ頃から、手に負えない感情が芽生えていったのかはわからない。

さすがに小学校も高学年になってくると、女の子じゃあるまいし、諒一郎にベタベタとくっついているのはおかしいという自覚はあった。それでもぼくは懲《こ》りずに離れに入り浸りで、部屋の主がいないときにはひとりで書棚にある本をめくってすごした。

離れには、たびたび女の子が訪ねてきていた。女の子が帰ったあとに部屋に入ると甘い残り香が鼻につくことがあって、そういうときには諒一郎の横顔がなんだか知らないひとみたいに見えた。

「諒ちゃん、今日、女の人きてた?」

諒一郎は「きてたよ」とあっさりと答える。隠すこともなければ、「誰がきた」と説明することもない。

部屋に入ると、ぼくはどこに座ったのだろうと、残っているはずもない体温を感じとるために畳の上にそっと手を這《は》わせた。本は乱雑に散らかっているのに、髪の毛の一本落ちていたためしがなかったから、諒一郎はかなり神経を遣っていたのだろう。もしくはただの友達で、なにもなかったのかもしれない。

「諒ちゃん、エッチなことした？」

ぼくは無神経にたずねた。諒一郎は狼狽《ろうばい》することなく「なに？」とおもしろそうにぼくを抱き込むと、脇腹のあたりをくすぐってきた。

「おまえ、そういうことに興味あるわけ？　悪い子だなあ」

「やだーっ。くすぐったいってば」

当時のぼくはそういう意味で諒一郎を意識したことはなかったし、彼女がいようが女友達がいようが、たいして気にしなかった。不思議とヤキモチをやいたことがなかったのだ。

ぼくに「それ以上」の感情を気づかせてくれたのは、彼女たちではなく「彼」だった。立花靖彦という大学の友人。

その彼、立花靖彦が頻繁に諒一郎の部屋に出入りするようになったのは、ぼくが小学校二年のときだった。前々からよくきているのは知っていたが、ほかの友人たちと一緒にではなく、単独でくるようになってから、名前と顔が一致した。

立花靖彦は色白で涼しげな目許をした男だった。中性的でほっそりとした体格をしていて、シャツの襟元からのぞく首すじの白さが妙に目立つような、ある種のなまめかしさがあった。だが、低い声で淡々としゃべるさまはぶっきらぼうで、そのアンバランスさが奇妙に目を引いた。

母が「お友達もどうぞ」と誘ったので、何度か一緒に夕飯をとったが、ぼくは立花靖彦が苦手だった。向こうにしてみれば、子どもに関心がなかったせいだろうが、いつもむっつりとしていて、あれだけ顔を合わせていたのに意味のある会話をした記憶がほとんどない。

ぼくは諒一郎と立花が親しげにしているのが気にくわなかった。たぶん諒一郎がほかの友人たちと、立花に接するのとでは微妙に態度が違うのに気づいていたからかもしれない。

「諒ちゃんは、なんであんなやつと仲がいいの？　俺が一緒にごはん食べてるときでも、むっつりとすました顔して、なにもしゃべらないし」

ぼくが訴えると、諒一郎は自分が非難されたように「ごめんな」と謝った。

「あいつはひとに慣れるのに時間がかかるんだよ」

そのやりとりのあとから、立花は母親に声をかけられても夕飯を遠慮して帰っていくようになった。ふたりのあいだで交わされたかもしれない会話を想像すると、ぼくは自分が悪者になった気がしておもしろくなかった。

そして、あの日――いまでも忘れられない光景がある。

小学六年の夏休みのことだ。ぼくが友達とプールに出かけて帰ってくると、離れのガラス戸が開け放されていて、諒一郎が畳の上に寝転がっているのが見えた。声をかけようと思ったものの、立花が奥から出てきたので、とっさに死角の植木に隠れた。

西日の強い時間帯だった。立花は眩しそうに目を細めながら腰を下ろすと、ぼくの見たことのないやわらかな笑顔で寝ている諒一郎になにやら話しかけた。

横になっている諒一郎がどんな顔をして、立花を見上げていたのかわからない。見えないのに、諒一郎もぼくのまったく知らない顔をしているように思えてならなくて、想像した途端に胸が痛んだ。

やがて諒一郎が伸ばした腕がゆっくりと立花の首に回るのを、ぼくは信じられない思いで見つめていた。

立花が引き寄せられるように上半身を倒すと、諒一郎の腕がシャツの背中をかき抱く。抱きあいながら、ふたりは唇をかさねていた。このときほど立花の白い首すじが、薄くなだらかな肩の線が生々しく映ったことはなかった。

ショックのあまり、ぼくはよろよろと歩きだしてしまい、植木の陰から出た。気配を感じとったのか、立花が上体を起こして振り返る。逃げるひまもなく目が合い、蛇に睨まれたカエルのように動けなくなった。

覗き見していたことがバレて、ぼくはカーッと赤くなった。諒一郎は反対側を向いて目をつむっているのか、こちらを見ようとはしない。立花はわざわざ知らせる気はないようで、困ったような笑みを浮かべながら、ぼくに向かって「しーっ」と唇に人差し指をあててみせた。

秘密――。

いままでろくに口をきいたこともなかった立花とぼくのあいだに、不思議と親密な空気が流れた一瞬だった。ぼくは馬鹿みたいに何度も頷いて、そのまま音をたてないように母屋の玄関に向かった。振り返ることもできずに。

キスしてた。キスしてた。諒ちゃんが立花さんとキスしてた。

頭のなかで何度も同じ言葉をくりかえしながら、なぜ自分が泣きそうになっているのかわからなかった。部屋に駆け込んでベッドに倒れ込んだ瞬間、唐突に自覚した。

——ぼくは諒一郎が好きなんだ。

好きだと自覚してからは、とにかく自分の気持ちを伝えたくてしようがなかった。伝えればなんとかなる。

気づいた瞬間から失恋は免れない恋だったのに、どうして浅はかに望みをつなげられたのか。まったく子どもだったとしかいいようがない。

立花はなに食わぬ顔をしながら、いままでどおり家に遊びにきていた。しかし以前とは違い、帰り際にぼくとすれ違ったときなど、やわらかな微笑を投げて寄こすことがあった。それはいわば親しさの表現であって、決して馬鹿にされているわけではなかったが、ぼくの身勝手で一方的な対抗心に火をつけた。

あのキスシーンを見てからというもの、ぼくの目には立花がやけに艶《つや》っぽく映るようになっていた。もう一刻の猶予もならない。いま告白しなければ、負けてしまうと焦った。

キスシーンを目撃してから一週間後、ぼくは意を決して諒一郎に自分の気持ちを告げることにした。

「諒ちゃん」

夕食後、離れで寝転がって本を読んでいた諒一郎は、ぼくが庭から顔を出すと、「なんだ?」と網戸を開けた。

「今日も立花さんがきてたでしょ?」

脇に下げた両手をぎゅっと握りしめ、小刻みに足を震わせるぼくを前にして、諒一郎は訝《いぶか》しげに眉を寄せた。どうしてそれほど思いつめた様子なのか、理解できなかったのだろう。

「どうした」となだめるように笑いかけられた瞬間、頭が真っ白になった。

「諒ちゃん、このあいだ、立花さんとキスしてただろ?」

「え」

諒一郎の表情が見事に凍《こお》りついた。

「俺、見ちゃったんだ。諒ちゃん、立花さんのこと抱き寄せて、キスしてた……」

「国巳、それは……」

以前、「彼女とエッチなことした？」と訊《き》いてもうろたえなかったのに、諒一郎は珍しく動揺していた。ぼくは逃げるように下がりながら「いいんだ」と叫んだ。

「それはいいんだけど……お、俺にもキスしてくれない？」

順番もなにもなく、思いつくままに口にした。言葉を選んでいる余裕などなかったのだ。

「俺、諒ちゃんが好きなんだ。だ、だから……同じように……」

そこまでいって、ようやく息をつく。伝えられたという満足感は、諒一郎の表情をまともに見た途端、一気にしぼんでしまった。

諒一郎は困惑したようにぼくを見つめていた。しばらく声もでない様子だったが、何度か口を開きかけては首を振る。

「諒ちゃん……？」

ぼくは恐る恐る諒一郎に近づいた。諒一郎は前髪をかきあげながら、返答に困ったように眉根を寄せていた。

ぼくが好きだといえば、諒一郎はてっきり喜んでくれるとばかり思っていた。それなのに……。

「諒ちゃん……俺のこと、嫌い？　立花さんみたいにキスできない？」

「嫌いじゃないよ。嫌いなわけがないだろ。でも……」

「す……好きじゃない？　立花さんとは違う？」

「——違う」

諒一郎は重々しく答えた。

「国巳のことは好きだよ。でも、そういうのとは違うんだ」

「俺、立花さんみたいになれないの？　駄目なの？」

ショックのあまり、ぼくはその場に倒れてしまいそうになった。顔色が見る見るうちに白くなっていくのに気づいたのか、諒一郎はぼくの手を引き寄せてぎゅっと握りしめると、痛いくらいに力を込めてさすった。

「ごめんな。……ほんとにごめん」

あれほど取り乱した諒一郎を、ぼくは見たことがない。まだ茫然《ぼうぜん》としているような、どこか虚《うつ》ろで、なおかつ必死に言葉をさがしているような……。

「俺はまさか国巳がそんなふうに……いや……」

なにをいっても同じだというふうに言葉を切って、諒一郎は頭を下げた。

「ごめん——！」

真剣に謝られれば謝られるほど泣きたくなった。小学生の告白に、本気で頭を下げることはないのに。「なにマセたこといってるんだ」と笑い飛ばしてくれればよかったのに。

「じゃあ一回だけでいいからキスしてくれない？　俺、諒ちゃんのこと、ほんとに……だから……」

諒一郎は少し考え込んだあと、静かに首を振った。

「――駄目だよ」

「なんで？　そんなに俺にキスするのいや？」

さすがにキスまで拒否されたのがショックで、感情的に声を荒げた。

「いやじゃない。だけど、俺は立花を裏切れない。それに、いいかげんな気持ちで、国巳にそんなことはしたくないんだ」

涙があふれそうになって、ぼくはブルブル震えた。せめてキスしてくれたら、いい思い出になったと自分にいいきかせられた。少なくとも、ぼくの哀《かな》しい一人相撲という惨《みじ》めな告白劇をきれいに終わらせることができたのに。

それさえ叶わないと知って、感情の糸がとうとうプツンと切れた。

「もういいよっ！　諒ちゃんの馬鹿っ！」

それだけはいってはならないと思っていた最悪の捨て台詞を吐いて、ぼくは踵を返した。

泣き顔のまま母屋に帰ることもできず、目的もなく近所を走った。走って走って――しばらくすると立ち止まって、呼吸を整えてから、また走った。そうしていなければ、「わーっ」と叫びだしてしまいそうだった。

最悪だ。カッコ悪い真似をしてしまった。

立花という相手がいるのを知っていて告白したのだから、玉砕するのは当然の結果だった。

なのに心のどこかで、告白さえすれば諒一郎は喜んでぼくの気持ちに応《こた》えてくれると信じていたのだ。

百歩譲って振られるのはしようがないとしても、あんなに頼んだのに一回のキスさえもしてくれないなんて。

馬鹿馬鹿、諒ちゃんの馬鹿——。

諒一郎のそばにいれば、アメ玉をいっぱい口に頬張ったような、甘くて、くすぐったい気持ちを味わえると思っていた。だけど、永遠に溶けないアメ玉などない。

十二歳の夏に、あまりにもあっけなく失恋したことで、ぼくはそのことを思い知らされたのだ。

# 4

五月の連休が終わって予定通りに諒一郎が引っ越していったあと、ぼくは悶々《もんもん》とした気持ちを抱え続けるはめになった。

夜中に離れで立花のことを聞かされてから、日々はまたたくまに過ぎて、諒一郎とゆっくり話す機会はなかった。あの夜からぼくのほうが意識して、諒一郎とふたりきりになるのを避けてしまったせいもある。

(ひとを好きになるのは、怖いな。……もうあんなことはごめんだと思ったよ)

どうして諒一郎は立花さんのことをぼくに話したのだろう。

諒一郎が離れに置いてある本を取りにきたりしたときに顔を合わせる機会は何度かあったものの、ぼくは頭のなかにその疑問符を思い浮かべながらよそよそしい態度をとり続けた。

過去の恋人のことを話されたときには、ぼくと諒一郎の関係が少しは進展したのではないかと勝手に有頂天になりかけたが、あれがもしも「恋愛なんて懲り懲りだ」という意思表示だとしたら、遠回しにぼくの気持ちを拒絶したことになる。

(先生、このあいだ、立花さんのことを俺に話した理由は——?)

そう一言たずねてみればいいだけなのに、答えを知りたいと思うのと同時に、知るのが怖かった。もし、これで否定的なことをいわれたら、さすがにぼくは立ち直れそうもない。

おまけに、「用がない限り、部屋に入り浸るのは禁止」といいわたされているので、引っ越しのときに手伝いで訪れて以来、諒一郎の部屋に遊びにいく機会もなかった。話があるからといって訪ねてみようか……。

学校から帰ってきて、ベッドに寝転がりながら諒一郎に帰宅時間をたずねるメールを打とうとして携帯と睨めっこをしているときだった。開け放した窓から母親が話しているのが聞こえてきた。

「あらあら、まあ。ほんとに久しぶり」

いったい誰としゃべっているのかと思いながら、ぼくは窓の外を覗き込んだ。離れの玄関の辺りで、見覚えのある若い男と母親が向かい合っているのが見える。どうやら買い物から帰ってきて、門のところで鉢合わせしたらしい。

次の瞬間、ぼくは青ざめた。見覚えのあるどころではなかった。そこに立っていたのは、数年前までよく離れに遊びにきていた男、立花靖彦だった。

白い端正な顔は学生の頃とさほど変わっていない。髪がいくぶん短めになっており、スーツに包まれた痩身《そうしん》は、年相応の落ち着きを身につけていた。

「じゃあ、佐伯はもうここにいないんですか」

「そうなのよ。つい先週、引っ越していったばっかり。諒一郎くん、今春から、ようやく専任の講師になれたんでねえ。一安心よ」

「内田《うちだ》先生が他所《よそ》の大学に移られて、ポストが空いたんでしょう？」

「そうなのよ。いまは大学の先生になるのも、なかなか大変みたいね。まあ、立花くんとは何年ぶりかしらねえ。高校の先生やってるんでしょう？」

「ええ、まあ」

淡々としたしゃべりかたは相変わらずだったが、微笑んでみせる立花は学生の頃と比べるといくぶん丸くなった印象を受けた。

——なんでいまごろ、現れる？

視線を感じとったのか、立花靖彦がゆっくりと母屋を見上げた。とっさに、ぼくはカーテンの陰に隠れた。

「諒一郎くんの新しい住所のメモ、もってきてあげるわね。ちょっと待ってて」

母親が母屋のドアを開けて入ってきて、せわしない足音が家のなかに響いた。ぼくは恐る恐るもう一度窓の外を見た。立花は遠い昔の記憶をたどるような目をして、ぼんやりと離れの建物を眺めていた。

立花が離れに遊びにこなくなったのは、諒一郎が非常勤の講師をはじめた頃だっただろうか。立花も塾の講師をしていたはずだ。初めは互いに忙しくなったから、足が遠のいただけだと思っていた。まさか別れたとは思わなかった。

「——立花くん」

メモを片手にした母親に声をかけられて、離れを見つめていた立花ははっとしたように振り返った。

「はい、これ。どうぞ。すぐ近くなのよ。ねえ、諒一郎くんを呼んできて、一緒にうちに寄ったら？　お夕飯ごちそうしてあげるから」

立花は少し間をおいて笑った。

「ありがとうございます。でも、今日はこれから立ち寄るところがあって、佐伯のところにはまた出直しますので。すいません。これで失礼します」

どうして諒一郎に？　ずっと会ってなかったはずなのに。

礼儀正しく頭を下げて帰っていく立花を見送るや否や、ぼくは携帯をとりだして速攻でメールを打った。

『先生、今日、夕飯うちに食べにきて』

珍しくすぐに返信があった。ちょうど外出先からの帰途だったらしいが、まだ大学に用があるとのことだった。

『今日は駄目だ。また今度』

ぼくは「あーっ」とひとりで声を上げて、頭を抱え込んだ。

今夜、住所を知った立花が諒一郎のところを訪ねていくかもしれない。あのふたりが出会ってしまったら……。

ぼくはいてもたってもいられなくなって、上着を手にとって外に出た。


向かった先は、正門まで歩いて十分という大学だ。

オレンジ色の西日が構内を染めるなか、研究棟に赴くと、諒一郎の研究室は不在の表示のままになっていた。

とっさに飛び出してきてしまったものの、いったいどうすればいいのか。

しばらく廊下で待ちながら窓から差し込む陽《ひ》に目を細めていると、やがてやや急ぎ足に階段を上ってくる靴音が聞こえた。大股《おおまた》に廊下を曲がってきた諒一郎は、ぼくの姿を見つけると、驚いたようだった。歩いてくるうちに渋い表情になり、ぼくのそばまでやってきたときには「やれやれ」といいたげな笑いを浮かべていた。

「なにか用？　夕飯はありがたいけど駄目だっていったろ？」

ここで怯《ひる》んではならない。とにかく今日は諒一郎をうちに連れていかなければ——と、ぼくは拳《こぶし》をぎゅっと握りしめた。

「仕事、忙しいんですか？　俺、終わるまで待ってますから」

食い下がったのが意外だったらしい。諒一郎は瞬《まばた》きをくりかえしたあと、研究室に入ってから「へえ」と検分するようにぼくを見た。

「忙しいっていうより、家にカレーの作りおきがあるんだよ。今夜のメシはあれを始末しちまわないと」

「誰がつくったんですか？」

いつのまに手料理を提供するような悪いムシがついたのかと、ぼくは険しい声をだした。

「誰って、俺だよ。ほかに誰がいる？」

おもしろくもなさそうに憮然《ぶぜん》と返されて、早合点に気づく。

諒一郎はあきれた顔をしてデスクに向かうと、メールや伝言をチェックしはじめた。ぼくは室内に入ったものの、決まりが悪くて仕方なかった。

いったいなにをしているのか。今日一日妨害したからって、立花はあらためて連絡してくるだろうし、母親からも話はすぐに伝わるだろうとわかっているのに——所詮《しょせん》、無駄なこと。

「——おかしなやつ」

諒一郎はパソコンの画面に向かったまま、笑いを含んだ声でひとりごちるようにいう。

「いつもひっついてくるかと思えば、いきなりそばに寄りつかなくなったり……かと思えば、何事もなかったかのように『一緒に夕飯食べよう』って頑固に待ってる。どう対応していいのか困るよ」

諒一郎はこちらを振り返って、「俺は振り回されてるのかな?」と悪戯っぽい目を寄こした。

「それは先生のほうじゃないですか」

「俺が? また反抗期で嫌われたのかなって、冷や冷やさせられてるのに? おまえ、デリケートすぎて疲れる。兄貴役は大変だよ」

最近、ぼくが避けていたことに気づいていたらしい。だったら、なにかいってくれればいいのに。

小さく舌打ちして「……だったら……」と呟くと、「ブツブツいわない」と速攻で注意された。ぼくはむっと唇を尖《とが》らせる。

そっちの言動に一喜一憂して、こちらはいっぱいいっぱいなのに、諒一郎の表情がやけに楽しそうなのが癪だった。

「俺に嫌われるの、いやなんですか? だったら、先生のほうがもっと俺になにかいってくれればいいじゃないですか」

「なにかよけいなことをいって、嫌われるのはもっといやだ」

「そんなの、わがままだ」

「そう。わがままなんだよ。俺もおまえに負けず劣らずデリケートだからな」

口調はあくまでからかっているふうなのに、諒一郎はかすかに照れくさそうに目をそらして、再びパソコンのほうを向いてしまった。

俺に嫌われるのがいや？　かといって、好かれるのは困るくせに？

その背中に「矛盾してないですか」と問いかけるだけの度胸はなかった。

カタカタとキーボードを打つ音が、「ありえない、ありえない」と浮き足だった心をいさめる。

ぼくに立花とのことを話したからって、諒一郎にとって特別な意味なんてないのだ。またひとりで空回りしているだけ。

十二歳のとき、独りよがりの告白をして、離れから走って逃げだしたときのことを思いだす。走って走って――このまま消えてしまいたいと思った。あのときとなにも変わらない。よけいなことはいわずに、このまま回れ右して帰ったほうがいい。でないと、また惨めな気分になるだけ。

「――国巳」

呼び止められて、ドアに向きかかった足を止める。諒一郎は「ふーっ」と大きな息を吐いて、デスクから立ち上がると苦笑した。

「部屋にこいよ。カレーごちそうしてやるから」

離れには遠慮なく上がり込んでいたのに、マンションのドアの前に立った途端、ぼくは柄にもなく緊張している自分に気づいた。

先に玄関に入った諒一郎は、立ち止まっているぼくを怪訝《けげん》そうに振り返る。

「どうした？　入れよ」

「は、はい」

引っ越し当日に手伝いにきたけれども、あのときはひとがたくさんいたので意識しなかった。だが、家の離れとは違って、ここは完全に諒一郎のプライベートな空間だ。

昔から馴染み深い相手なのに、まるで知らない人間の部屋に入るみたいに身構えてしまう。離れの古びた和室とは違って、洒落《しゃれ》た感じの部屋だからだろうか。

ぎくしゃくとした動きになるぼくを、諒一郎は不可解そうに見つめてから、ぽんと背中を叩いてきた。

「なにかしこまってるんだよ、ばーか」

「べ、べつにっ……」

一ＬＤＫの部屋に足を踏み入れると、引っ越してから二週間ほどしかたっていないのに、室内には本や資料などが着実にその量を増していた。乱雑なその様子と、壁ぎわにある本棚の古い書物独特のなつかしい匂いをかいだ途端にほっと肩の力が抜けた。

「うわ……散らかってる。よかった」

「おまえ、それ失礼だろ」

「だって先生が……こんなフローリングの小綺麗な部屋に住んでると、なんか知らないひとみたいで」

諒一郎は小さく笑いながらぼくの頭を叩いた。

「安心しただろ、相変わらずで。——俺は変わらないよ」

不安が伝わってしまっていたのだろうかと恥ずかしくなる。

どんなに親しくても、ぼくは立花さんのことを含めた諒一郎のプライベートな事情はろくに知らない。諒一郎が離れに住んでいたあいだは、そんなことを意識しなくてもよかった。知らない部分があっても、いつもそばにいてくれると安心していられたから。

「国巳、ほら手伝え」

諒一郎は早速キッチンにいって夕食の準備をはじめた。ぼくもあわてて隣に並んで手伝う。

最初はいつ立花が訪ねてくるかもしれないと冷や冷やしていたが、その緊張感もしだいに薄れていった。ふたりで台所に立つなんて、諒一郎が下宿していたときにはなかったことだ。

まったくのふたりきり。親がすぐそばの母屋にいるわけでもないし……。

ちらりと横目でうかがうと、諒一郎はいつもどおりの表情だった。がっかりするような、ほっとするような——ぼくが期待するような意味で、諒一郎が意識してくれるわけもないことは百も承知なのに。

ごちそうしてくれたカレーは、意外にもなかなか凝った味がした。テーブルの席についてひとくち食べてから、ぼくは目を瞠る。

「ほんとに先生が作ったの？」

「ここに小人が住んでるんでなければ、そうなんじゃないか？」

純粋に驚いただけなのに、からかわれてむっとした。

「離れにいたときは、インスタントラーメンぐらいしか作ったことなかったくせに」

「作る必要がないだろ。おばさんの料理、美味《おい》しかったし」

また知らない顔がひとつ——と心のなかでカウントする。

「母さんは先生がこまめに料理するって知ったら、少しがっかりするかも。諒一郎くんのことは自分が栄養管理してあげなきゃいけないって思ってるみたいだから」

「知らせなくたっていいよ。そのほうが、俺がお邪魔したときに、おばさんも料理の作り甲斐があるだろうから」

「気を遣ってるの？　母さんに？」

「俺はそんなにガサツな神経してるように見えるのか？　だって、喜んでくれるんだったら、そのほうがいいじゃないか。それに、俺は作ってくれるひとがいるんだったら、自分で作るよりそっちのほうがありがたい」

「けっこうズルイんだなあ」

「そう、ズルイんだよ。――このあいだ、国巳もそういったろ？」

(先生は、ズルイ)

あの夜、離れでやりとりしたときの会話が耳に甦る。

ずっとぼくの気持ちを無視していたくせに、諒一郎は最近、妙に含みのあることばかり口にする。

どうしてだろう。今度こそはっきりとぼくに「あきらめろ」と引導を渡すために？

そんなことを考えていたら、知らず知らずのうちに唇を尖らせていたらしい。

「なんでふくれるんだよ」

「……ふくれてないけど」

「かわいい顔が台無し」

思わずカレーを噴きだしそうになって、ぼくはあわてて水を飲み込む。

「……そんなこと思ってないくせによくいう」

「いや、思ってるよ。子どもの頃を知ってるから。いまどんなに憎らしい顔を見せられても不思議とかわいく見えるんだな、これが」

「う、うれしくない」

たぶんほんとうなのだろう。諒一郎がぼくを見つめるときのやわらかい眼差しを見ればわかる。だけどそれは、ぼくが望んでいるものじゃない。

「……だから、もし手料理作ってくれるようなひとがいたら、真っ先に国巳に紹介するから」

——それも、うれしくない。

マンションを訪れた当初はどこか浮わついていた気分が、一気に沈み込んでしまう。諒一郎がぼくを「対象外だ」という態度をとるのはいつものことで、いまさら傷つくものでもないのに。

食事後、「片づけはいいから」といわれたので、ぼくはリビングに移動してソファに倒れ込んだ。初めてひとりで諒一郎の部屋に訪れた緊張と興奮と——そして言外の意味をさぐっているうちに疲れてしまった。

意味深なやりとりなんて、本来、ぼく向きじゃない。だけど、まっすぐにぶつかっていったら玉砕するだけだとわかっている。

もう小学生の子どもじゃない。もし、今度気持ちをはっきりと告げたら、いままでと同じようにそばにいられなくなる……。

ためいきをつきながら何気なくデッキに入ったままのDVDを再生してみると、何度か見たことのある映画が流れた。諒一郎が好きだといったので、ぼくも全部見たことのある監督の作品だった。

時代はアメリカの大恐慌。働かない亭主をもって生活に疲れたヒロインの前に、大好きな映画の登場人物がスクリーンから抜けだしてきて求愛するという、まさに夢のようなストーリーだった。

いつのまにか見入っていると、片づけを終えた諒一郎がリビングにやってきて、ぼくの隣に腰を下ろした。

「……先生、この映画のどこが好き？」

テレビの画面を見つめる諒一郎の横顔が、普段よりもやけに冴《さ》えて見えた。それでいて瞳だけがどこか遠くを見ているような、不思議な憂いを帯びている。

「ヒロインの現実は変わらないところ。夢は見てても、どうしようもない亭主もって、これからも苦労していくところは変わらないんだ。たまに映画を見て、ささやかな娯楽で憂さを晴らして、それなりの幸せを見つけて一生を暮らしていく、等身大な小市民的幸福と悲哀をうまく描いてるところ」

「なんかひねくれたいいかただな……」

「国巳は？」

夢と現実を描いていることはわかるけれども、ぼくは単純にヒロインが最後に見せる笑顔が好きだった。映画の結末は苦い現実に戻るのだけれど、ヒロインが映画を好きなことは変わらない。ラストシーン、現実に打ちひしがれていたヒロインが劇場で映画を見ているうちに再び瞳を輝かせはじめる……。

だけど、「単純だな」と笑われそうな気がして、諒一郎の前ではいえなかった。

「全体的に好きだけど……でも、この監督の作品って、私生活のスキャンダル知ってからは、前みたいにのめりこめなくなっちゃった」

ヒロインを演じた女優は、その当時の監督の恋人。正式に婚姻していなかったものの、夫婦同然のパートナーだった。だけど、ふたりの仲は夢みたいに綺麗《きれい》には続かなかった。監督がよりにもよって女優の養子である子どもと恋愛関係になり、泥沼の醜聞劇になったからだ。

「私生活と作品はべつだろ?」

「わかってるけど、この監督は別れた奥さんと公私ともにベストパートナーだったじゃないですか。こんなにいい作品をつくり上げたパートナーを裏切ってまで、わざわざ誰よりも女優が傷つくような相手と恋に落ちなきゃいけなかったのかな」

美人ではないけれども、チャーミングで、不安定な魅力をもつ女優を、ぼくは好きだった。だから監督がその彼女を裏切ったと知ったときには、作品の評価と監督の人格は別物とわかっていても、正直がっかりしたものだ。

「いくら素晴らしい作品を作り上げたって、別れた相手のほうが魅力的で高潔な人格者だって、そういうのは別問題なんだよ。ひとは別れるときは別れるよ。どんなベストパートナーだって」

諒一郎の言葉はなにやら意味深に聞こえた。理屈としてはわかるけれども、安易に認めてしまうことに抵抗を覚えた。

「そりゃそうだけど……ちょっと夢が壊されたって思うのは、自然な反応でしょ？」

「国巳はお子様だからな」

揶揄するくちぶりではなく、諒一郎は画面を睨んだまま苦笑した。

ぼくを子ども扱いするのも、斜にかまえたいいかたをするのもいつものことだが、やけにおもしろくなかった。そのまま黙っていたら、さらに愉快ではないことをいわれそうだったので、ぼくはリモコンのストップを押した。

「先生、これじっくり見たいから、借りていっていい？　うちで見るよ」

諒一郎はぼくのふくれっ面に目を丸くしながらも「いいよ」と頷いた。

「……怒ったのか？」

ぼくは答えずにそそくさとデッキから取り出したＤＶＤをカバンに入れて、諒一郎を睨みつけてから立ち上がった。

「俺、コーヒーでも淹《い》れますね」

なんでこんないやな気持ちになるのか。いまは諒一郎のそばにいたくなかった。

すばやくキッチンに向かい、気持ちを落ち着かせるためにコーヒーを淹れながら、ためいきをつく。

離れで立花の話をしたのは、やっぱり「俺に期待するな」という意味だったのだろうか。諒一郎がぼくに話す言葉のひとつひとつが、遠回しになにかを示唆しているように思えてならなかった。

諒一郎は、恋愛になにも期待していない。

夢も見ていない。

(ひとは別れるときは別れるよ)

もし、いま、好きな相手がいたら、いくらひねくれていたって、あんないいかたはしないだろう。ましてや好きな本人にあんな寒々とした意見を伝えたいとは思わないだろう。

やっぱりぼくが「対象外」だから、あんなことをいうのだ。

考えているうちに手の力がふっと抜けてしまい、気がついたときには、床にポットごとコーヒーをぶちまけていた。

「あち……っつ!」

あっというまの出来事だった。床に無残なかたちで割れているポットを見て茫然とする。

指先に少しコーヒーがかかっていて、ひりひりした。

「国巳?」

物音を聞きつけて、諒一郎がキッチンに駆け込んでくる。

「大丈夫か、熱くなかったか？」

「先生、ごめん。割っちゃった」

「馬鹿。いいよ、そんなの。手が赤くなってるじゃないか。ほら、冷やせ」

諒一郎は後ろから抱きかかえるようにして、ぼくの手を蛇口の下に引っ張っていく。からだがぴったりくっついているのを意識した途端、うろたえてしまった。

「せ、先生。大丈夫だから」

「――薬塗ろうか。軟膏《なんこう》ならあったと思うから」

充分に冷やしたあと、諒一郎は「よし」と水を止めて、ぼくの手を引いたままリビングまで連れていく。ソファにぼくを座らせると、救急箱を持ってきた。

向かい合って初めて、諒一郎が怒ったような顔をしているのに気づく。ぼくに腹を立てているわけではなく、心配するあまり厳しい表情になっているのがわかって――。

「……ごめんなさい」

珍しく素直に言葉がでた。諒一郎は驚いたように表情をゆるめた。

「なんで謝るんだよ。ほら、手をだして」

おとなしく手をだすと、諒一郎は赤くなっている部分に丁寧に軟膏を塗り込めていく。

全体をやさしくなでさすられているうちに、ぼくは真っ赤になった。ひとの気も知らないで、無造作にさわりまくるのはやめてほしい。

「国巳は意外と手がでかいんだな」

「大きいですよ」

ふてくされた声をだすと、諒一郎はおかしそうに目を細めた。

「いつのまにか成長したんだな」

「先生はいつまでたっても俺を子ども扱いなんですね。もう子どもじゃないのに」

薬を塗り終えても、諒一郎はぼくの手をとったまま、しばらくその指さきを見つめていた。手を離すときに一言、「子どもだよ」と呟く。

「じゃ……じゃあ、先生が大人にしてくれればいいじゃないですか」

さすがに度肝を抜かれたらしく、諒一郎は目を瞠った。口にしてから、自分でも恥ずかしくなった。さらに赤くなっているぼくを見て、ふっと笑う。

「俺はズルイから、そんなことはしないんだよ」

「ズ、ズルイって、どういうことですか」

「国巳は最近、俺によく『ズルイ』っていうじゃないか。そのとおりだと思うよ」

先日の離れでの会話で、ぼくがとっさにいった一言。

(先生はズルイ)

「どうしてズルイんですか？」

「先が見えるからだよ」

「——先？」

諒一郎は眉を寄せながら、「未来が見えるから」としかつめらしくいった。ぼくが首をひねると、少し皮肉げな笑みを見せる。

「この年になると、だいたいのことは想像がつく。思いもかけない出来事なんて、そうそう起きるもんじゃない。たとえば人間関係でも、初対面の瞬間からある程度は予想ができる。もちろん予想で、確信じゃない。だけど、このタイプなら、いずれどういうことが原因でトラブルになるとか……先の先まで見えるような気がする。だから、どの程度のつきあいにしておくべきか、瞬時のうちに判断してるもんなんだよ。『もしかしたら、例外でうまくいくかもしれない』とはあまり考えないな。うっかりそんなことを考えて行動しても、だいたい後悔することをすでに経験済みだから」

「先生は、夢を見ないってことですか？」

「見るよ。うまくいきそうな範囲で」

「先生には、俺との未来が見えるんですか？」

「…………」

諒一郎はややあってから「さあな」と呟いた。その眼差しはどこか遠くに思いを馳《は》せるように揺らいでいた。頭のなかでいったいどのような「先のこと」が思い描かれているのか、おおよその見当はついた。たぶんぼくとの関係は「後々、うまくいかないこと」に分類されているのだろう。

でも、そんなことを勝手に決めつけられてはたまらない。だって……。

「お、俺は……先生が好きなんだけど。いまさらだけど。もうきっとわかってると思うけど、ずっと好きなんです」

頭のなかでは、十二歳のときに振られたぼくが走っている。走って走って、この想いの辿《たど》り着く先に諒一郎が待っていないことは知っているのに、それでも走り続けなくてはならなくて。

「昔、先生に告白したことがあったでしょ？　あのときは振られちゃったけど、俺はやっぱりいまでも先生が好きで……」

諒一郎はなにもいわないまま、ぼくの顔を見つめていた。やはり以前から勘付いていていて「なにをいまさら」だったのか、その表情に驚きの色はなかった。むしろ微笑ましそうにすら見える。

ぼくはごくりと息を呑んだ。諒一郎は穏やかな眼差しで、ずいぶんと長い間そうやってぼくを凝視していた。

「国巳。おまえはいい子だ」

唐突にいわれて、ぼくは「へ？」と固まった。

「ちょっと間が抜けてるけど、かわいいと思うよ。なによりも性格が素直なところがいい。

ひねくれたようでも、昔とちっとも変わってない。俺はおまえにいつも驚かされるよ」

その口調は穏かでやさしくて、怖いくらいだった。

「だから、俺なんか好きになるな。おまえに必要なのは、俺じゃないよ」

すぐには反応できなかった。あまりにも切れ味のよいナイフで切り裂かれて、痛みの感覚が麻痺《まひ》してしまったみたいに。

「なにもわざわざ俺なんかを好きにならなくてもいいじゃないか。俺を想っても、時間の無駄だよ。ずっとそれをいわなきゃいけないと思ってた。いわないですむなら、それに越したことはないと思っていたけど」

諒一郎の声はなめらかで、まったくよどみがなかった。ぼくに告白されたときのために、たぶんずっとこの台詞を考えていたのだろう。

「先生は俺のこと、いまでも……そういう意味では……全然？」

「おまえのことは好きだよ。でも、意味が違うんだ」

あのときから年数がたって、もしかしたらなにか変わっているかもしれないと思っていた。だが、すべてぼくの思い過ごし。心配していたとおりの、空回りに過ぎなかった……？

「駄目ですか……？　少しの可能性もない？」

「可能性もなにも、おまえとは想像すらできないよ」

「……い、いまは高校生だから無理でも……大学生になったら？」

「――――」

必死にいいつのるぼくを見て、諒一郎は困ったように小さく息をついた。

「大学生になったって、社会人になったって、俺のなかではおまえはそういう対象じゃない。だいたい親御さんになんていうつもりなんだ。おまえは一人っ子じゃないか。親不孝するなよ」

なだめる声から逃げるようにうつむいた途端、目尻《めじり》が熱くなった。あわてて目許を拭《ぬぐ》いながら、ぼくは顔を上げた。

「先生を好きになったって親不孝じゃありません」

「おまえが俺を好きだって知って、ご両親が喜ぶと思うか？　おまえの将来を楽しみにしてるのに、結婚もしない、子どもだってできないんだから、がっかりするに決まってるだろ」

「そんな先のことまで……」

「俺は考えるんだよ。考えずに、おまえにいいかげんなことができるわけないだろ。男ってだけでも充分なのに、その相手が俺だと知ったらどれほどショックか……おまえも少しはよく考えてみろ」

子どもの頃は、幼い告白に真剣に頭を下げられて泣きたくなった。だが、いまみたいに常識的な意見で頭ごなしに否定されるくらいなら、「嫌いだ」の一言で振られたほうがましだった。

「じゃあ、なんでいままで知らんふりしてたんですか？　俺がずっと好きだってこと、気づいてたんでしょう？　あきらめろってさっさといえばよかったじゃないかっ……！」

「それは——」

諒一郎は決まりが悪そうに言葉を濁してから、「わからず屋だな」といいたげに睨みつけてきた。泣きそうになりながらも、ぼくも負けずに睨み返した。

「どうしてなんですか？　先生が俺を相手にしてないのはわかってる。たしかにそういう態度だったけど。でも、なにもいわないから、俺はもしかしたらって……その期待を捨て切れなくてっ……」

諒一郎は硬い表情のまま唇を引き結んでいたが、ぼくが駄々っ子のようなことをいいはじめた途端に、弱りきったように眉根を寄せた。そして、その顔がほんの一瞬、ぼくの半泣き顔を映したようにゆがむ。

「どうしてわからないんだ。こんなにおまえのことを思ってるのに。おまえのことがかわいいから——いってるんじゃないか。それくらいわかってくれよ」

苦しげな声にはっと胸を突かれた。諒一郎はそんな表情を見せてしまったことに途方に暮れた様子で、ぼくから目をそらすと、気持ちを落ち着かせるように深い息を吐いた。

言葉にできない感情が眦《まなじり》に熱いものとなって滲《にじ》みでる。たぶんぼくの目は真っ赤になっていたに違いない。

「でも、俺は先生がいいんです」

訴えるというより、自分自身に確認するつもりでくりかえした。

「親不孝でもなんでも……先生がいいんです」

諒一郎の瞳がかすかに揺らいだ。もしかしたら、ぼくの目が涙で潤《うる》んでいたから、そう見えただけかもしれない。

「そうか」

次になにをいわれるのだろうかと息を呑んだ瞬間、ふいに顔を近づけられた。

「国巳」

——え？

驚きの声を上げる間もなく、諒一郎の唇がぼくの唇にかさなった。

いきなり奇襲攻撃をかけられて、なにが起こっているのか理解できないまま、全身の力が抜けていく。

まるで嚙《か》みつくみたいに唇を強く吸われて、離された瞬間、ようやく息をついだ。諒一郎はそのまま体重をかけてきて、ぼくをソファの上に押し倒した。切羽詰まったような荒い息遣いが肌をなでる。

「先……」

再びぼくの唇を激しく吸いながら、諒一郎はなだめるように、ぼくのこめかみから頭を撫《な》で回した。

とろとろと舌先から蕩《とろ》けてゆく。いくら唇を食《は》んでも満足しないみたいに、諒一郎はぼくの口腔《こうこう》を執拗《しつよう》に嬲《なぶ》った。時折、「国巳」と熱い囁《ささや》きがキスと一緒に吹き込まれる。

唇の感触と、せつなげな囁きを聞いただけで、からだの奥が恥ずかしいくらいに疼《うず》いた。脳内から麻薬があふれでたみたいにクラクラする。

「国巳……俺がどんなに……」

下半身に直接ふれられたわけでもないのに、ぼくはキスだけで達してしまいそうだった。

「……ん——」

ぼくがもう一度「先生」といいかけたそのとき、玄関のインターホンが鳴った。

その音は目覚ましベルのように響いた。諒一郎は上体を起こし、ぼくを見下ろしたまま愕《がく》然《ぜん》とした表情で動かなくなった。

インターホンは鳴り続けて、やがて音はやんだ。それが合図のように、諒一郎は無言のままぼくの上から退いた。ぼくもゆっくりと起き上がる。

諒一郎は髪をかきあげながら、目のやりどころに窮したように床を睨んでいたが、しばらくして両手を顔で覆い、「はーっ」と大きな息を吐いた。実際、数分ほどだったが、ものすごく長く感じられた。もしかしたら、このまま諒一郎は一生ぼくに顔を見せないんじゃないかとすら思った。

頭の隅でぼんやりとインターホンを鳴らしたのは誰なのだろうと考えていた。立花だろうか。用事をすましたあとで訪ねてきたのだとしたら、ちょうどいまごろかもしれない。

「――悪い。どうかしてた」

諒一郎が苦渋を滲ませた表情で顔を上げた。眉間に皺を寄せて、ぼくを覗き込む。

「大丈夫か？」

ぼくは頷いた。諒一郎はほっとしたように額《ひたい》を押さえて、再びうなだれる。

「すまない。ほんとに……俺は、どうかしてたな。驚いたよな。ごめん。おまえがあんまりにも……」

突然のことに気が動転して、ぼくもなにをいったらいいのかわからなかった。キスされたことに、まったく現実感が伴わない。

「――送っていくよ」

しばらく考え込んでから、諒一郎は静かに立ち上がると、上着をとって羽織った。

「え、先生、なんで……」

「悪いけど、今日は帰ってくれないか」

ぼくの腕をつかむと有無をいわせずに引っ張って、玄関に連れていく。

「なんでですか？　先生、俺、全然気にしてない」

「俺が気にするんだ。おまえになにをするかわからない」

先ほどの唇の感触を思いだして、頬が火照った。足が震えてしまい、ぼくはその場から動けなくなった。

「国巳？」

「お、俺はべつにいいんですけど。先生と一回でもそういうことができるんだったら、本望だし……」

諒一郎は信じられないように目を見開いて、「はあっ」と何度目かのためいきをついて目を閉じた。

「俺はおまえを傷つけたくないんだよ。頼むから、今日は帰ってくれないか。おまえにそんなこといわせるなんて、俺は自己嫌悪で死にそうだ」

そこまでいわれてしまっては、おとなしく部屋を出るしかなかった。

馬鹿なことを口走ってしまった。穴があったら入りたい。ぼくのほうこそ自己嫌悪で死にそうだった。

部屋を出て、エレベーターのところまで歩きながら、情けなさと恥ずかしさのあまり口がきけなくなっていた。それに気づいたのか、諒一郎がふと表情をゆるめて、ぼくの肩を叩く。

ふれられても、先ほどとは伝わってくる熱が違う。あたたかい手。まるで子どもをあやすように。

「国巳、覚えてるか？　おまえ、一時期、俺と口をきかないことがあっただろう。告白してくれたあとだったな。それまで『諒ちゃん』って呼んでたのに、次にまともに話すようになったときには、もう『先生』って呼んでて距離をおくようになってた。あれはこたえたな」

なぜいきなり昔のことをいいだすのか。その告白をしたこと自体、長いあいだ、なかったことのように振る舞っていたくせに。

たしかに告白したあと、ぼくはしばらく諒一郎に他人行儀な態度をとっていた。いくら子どもでも、振られた相手といままでどおりに口はきけないものだ。それが反抗期と重なって、昔ほど諒一郎にベタベタと甘えることはなくなった。

「あれはちょうど先生が中学に教えにきてたから。それに、先生は俺が口をきかなくたって、いつもと変わらなかったじゃないか」

「そりゃ、俺が態度を変えるわけにいかないだろ？　後悔したよ。あんな態度をとられるんだったら、おまえが告白してくれたとき、もっとうまくやればよかったと思ったな。俺はいつも失敗する」

そんなに苦しそうな顔をするなら、さっきのキスは悪ふざけだと説明してくれればいいのに。

だけど、いつもひとのことを意地悪くからかうくせに、いざというときに諒一郎が都合のいいごまかしかたをできないことは知っていた。小学生の告白に真剣に頭を下げるくらいなんだから——。

再び会話が途切れた。隣を歩く諒一郎の唇は固く引き結ばれていた。いまなにかをいってしまえば、また失敗してしまう。それが怖いから、黙っているしかないというように。

マンションを出たところで、ぼくはたまらずに口を開いた。

「先生は……」

なにがそんなに怖いんですか？　と問いたかった。

俺を傷つけること？　俺とうまくいかなくなること？　先生の頭のなかでは——俺との関係がいい方向にいかないと決めつけられてるのはなぜですか？

それはやはり以前つきあってたひとの……。

マンションのエントランスを出たところで、諒一郎は「なに？」とぼくを振り返り、途切れた言葉の続きを待つように立ち止まる。

覚悟を決めて問いかけようとしたそのとき——。

「佐伯？」

道路の向こうから歩いてきた人物に声をかけられた。足を止めていたぼくたちに歩み寄ってきたのは、たったいま、頭のなかにその顔を思い浮かべていたそのひとだった。

街灯に照らされて、髪がいくぶん短く整えられた、学生の頃と変わらない白く端正な顔立ちが浮かび上がる。

——立花靖彦。

「久しぶり」

立花は涼しげに笑いかけてきた。

「さっき部屋にも行ったけど、インターホンを鳴らしても出なかっただろう？　でも窓に灯りがついていたから」

諒一郎が息を呑んだ気配が伝わってきた。

「立花……」

立花は微笑んだまま距離を詰めてきて、ぼくを見ると「おや」と目をすがめる。ぼくは声もだせないまま茫然と立ちつくすしかなかった。

どうしてこのタイミングで現れるのだろう。

胸が不穏に高鳴る音に耳をふさぐようにして、ぼくは向かい合う諒一郎と立花から目をそらす。ふたりのあいだで、時計が過去に巻き戻されていくのを見たくなかった。

5

昔のことを思い出そうとしても、記録映画のようにスムーズに再生できるわけもない。だいたいは思い出したくもない場面で止めてしまうものだから。もしくは、早送りで飛ばしたり、肝心の場面に焦点を合わせずにほかの場面をクローズアップしてしまったりして。

そんな感じで、ぼくのなかに残っている立花靖彦《たちばなやすひこ》の記憶は曖昧《あいまい》だった。強烈だったのは、諒一郎《りょういちろう》とのキスシーンを目撃した——あの一場面だけだ。

顔を合わせる機会は多かったが、立花靖彦はあからさまにぼくには興味を示さなかったし、ぼくのほうも「なんでこんなやつが」と最初からマイナスのフィルターをかけていたので、実際の人となりはほとんど知らない。

諒一郎と立花が別れたと知ったのは、ぼくが世間話のついでに「そういえば、立花さん、最近こないね」とたずねてみたからだった。それ以前から、諒一郎の表情にどこかしら翳《かげ》りがあるのは気づいていたけれども。

「立花？　ああ……」

諒一郎は顔色を変えることもなく淡々と答えた。

「——死んだよ」

「え？　嘘《うそ》、いつ？」

仰天するぼくに、諒一郎はとぼけたように「いつだったかな」と首をひねるだけで、それ以上なにも語らなかった。

からかわれているのだと思ったが、一応、母親に「離れによくきてた立花さん、死んだってほんと？」と訊《き》いてみた。母親は初耳だとびっくりして諒一郎に確認したらしい。後日、ぼくはこっぴどく怒られた。

「国巳《くにみ》、タチの悪い冗談はやめてちょうだい。諒一郎くんに聞いたら、『死んでなんかいませんよ』って笑われちゃったじゃない。地元で高校の教職についたんですって」

——別れたんだ。

そのときになって、ようやく事情を察した。だが、いくら別れたにしても、「死んだ」なんて、諒一郎らしくなかった。母親のいうとおり、あまりにもタチが悪い。

ぼくは立花靖彦の良さなんてわからなかった。なんであんなやつと諒一郎がつきあっているのか理解できなかった。でも、諒一郎が立花靖彦を好きなことは知っていた。

立花のことを「死んだ」なんて——冗談とはいえ、そんないいかたをするなんて、ぼくの知っている諒一郎らしくなかった。

土曜日は予備校で模試を受けた。健史《たけし》に誘われてつきあいで受けたのだが、ぼくはまったくやる気がなくて、昼休みに諒一郎にメールを送ろうと思ってあれこれ文面を考えたが、結局送信することができなかった。

諒一郎のマンションの前で立花靖彦と会ったのは、つい一昨日のことだ。「話がある」という立花に対して、諒一郎は「大学に出直してくれないか」と返事をした。

おそらく立花は昨日、大学に諒一郎を訪れたに違いない。いったいふたりでどんな会話を交わしたのか。

知りたい。だけど、知るのは怖かった。立花とのことは、ぼくが踏み込んでいい領域じゃない。

諒一郎に先日キスされたことも——時間がたてばたつほど、ぼくはあの出来事をもてあまし気味だった。あの日、家まで送ってもらったとき、門のところで諒一郎から「ほんとうにごめんな」とあらためて謝られた。「謝られたくない。失礼です」といいかえしたところ、諒一郎は困ったように笑っただけだった。

「先生」と呼び止めたいのを、ぼくは必死にこらえてその背中を見送った。ほんとうは呼び止めればよかった。立花が現れる前に喉《のど》まででかかった問いかけ——「なにがそんなに怖いんですか」と訊けばよかった。だけど、訊けなかった。諒一郎がどんなつもりでぼくにキスをしたのだとしても、立花の出現ですべてが意味のないものになってしまった気がして……。

集中できないまま模試を終えたあと、ぼくは健史と並んで会場の教室を出た。健史から「なんか食ってくか？」と訊かれても、「う……ん」と曖昧な返事しかできない。帰りに諒一郎の部屋に寄ってみようかと考えていたせいだった。

このままではどんどん諒一郎が遠くなってしまう。二度目の告白をして、またもや振られたとはいえ、一昨日の諒一郎はぼくに本音を語ってくれる一歩手前までいっていた。衝動的なのかなんなのか知らないが、キスしてくれたのに……。

「久しぶり」と声をかけてきたときの立花靖彦の顔を思い出す。彼の顔を見て、息を呑《の》んだ諒一郎の横顔も。

ぼくはなにもできずに佇《たたず》んでいるだけだった。また届かない——やっと少しだけ縮まったと思った諒一郎との距離が再び開いていくのを感じながら。

——ほんとうになにもできないのだろうか。

「坂崎《さかざき》国巳くん？」

出口のところで、思わぬ人物から声をかけられた。振り返ると、立花靖彦が立っていた。あまりにも諒一郎と立花のことを気にしていたせいで、幻覚を見たのかと思った。

ぼくはぽかんと立花を見つめた。

「え……？　なんで、ここに？」

「ここはぼくの職場なんだ。国巳くんだろ？　佐伯《さえき》が下宿してた家の男の子。久しぶりだね。このあいだの夜、佐伯のマンションの前で見たときから、どこかで会った子だなって思ってたんだ」

あわてて「お久しぶりです」と頭を下げる。正直、立花がぼくのことを覚えているとは思わなかった。ましてやこんなふうに声をかけてくるなんて。

「高校の先生やってるんじゃなかったんですか？」

「一年前までね。半年ぐらい前から、ここで働いてる」

感情を込めずに淡々と話すところはやはり昔と変わらない。立花はぼくのことを確認したかっただけらしく、「それじゃあ」といって踵《きびす》を返した。先ほどまで諒一郎と彼がどんな話をしたのか知るのが怖かったくせに、ぼくは考えもなしにとっさに引き止めた。

「あ……あの、少し時間もらえませんか？　俺、立花さんに聞きたいことが……」

立花は訝《いぶか》しそうな目をしたものの、小首をひねるようにして腕時計を見た。

「三十分待ってくれるかな？　そうしたら、仕事にカタがつくから。向かいにコーヒー飲めるとこがあるだろう？」

「はい」と頷《うなず》きながら、ぼくは早くも後悔していた。昔からあまりしゃべったこともなくて苦手だった相手と、いきなり向き合ってどうしようというのか。

立花が立ち去ったあと、「知り合い？」と健史が興味深そうに聞いてくる。

「先生の友達。学生のときの」

「へーえ」

なにやら訳ありだと勘付いたらしかったが、その場では追及してこなかった。ぼくはもう逃げだしたいような気持ちになっていたが、健史に先に帰ってくれるように頼んで立花の指示したカフェに向かった。

店内に入ると、窓ぎわのテーブルに陣取る。道路の向こうに見える予備校の煌々《こうこう》とした窓灯《あか》りを眺めながら、立花が諒一郎に会いにきた理由を考えた。

教師はやめたといっていた。こちらに生活の拠点を移しているということか。ということは……。

「悪いね。お待たせ」

立花は約束から十分ほど遅れて現れた。ぼくの向かい側に腰を下ろすと、「タバコいいかな」とたずねてから、取りだした一本に火をつける。

「——大きくなったねえ」

あらためてぼくを見つめると、立花は感に堪えぬようにいった。

「そ、そうですか？」

「もう高校生なんだね。驚いたよ」

調子が狂う。まさか立花に、「大きくなったね」と親戚《しんせき》のお兄さんのような口をきかれるとは思ってもいなかった。

「ぼくがよく佐伯のところにお邪魔してたときは、きみはまだ子どもで、その頃で記憶が止まってるものだから。幼くてかわいい男の子のイメージしかないよ」

「立花さんも……少しイメージが変わりましたけど」

立花とふたりで向かい合って話す日がくるなんて想像もしていなかった。とっつきにくそうな学生時代の横顔が思い浮かぶ。

「ぼくは感じ悪かったんだろう」

立花はおかしそうに笑った。

「佐伯によく注意されたよ。おまえがむっつりしてるから、国巳が怖がってるだろう、って。当時はまだ子どもが苦手だったんでね。悪いことしたね」

佐伯、佐伯、となんのためらいもなく口にする。気まずいことなどなにもないように。

「――で、ぼくに訊きたいことって、なに？」

立花の袖口からのぞいている手首はほっそりとしていて、色の白さが昔と同じように目立った。その細い腕が諒一郎の首すじに回るところを連想して思い出してしまい、ぼくはひそかに耳を熱くした。

「立花さん、ずっと先生と連絡とってなかったんでしょう？　なのに、いきなり……このあいだ、先生になんの用だったんですか？」

立花は意外そうに瞬《まばた》きをくりかえすと、片眉《かたまゆ》を上げてみせた。

「きみにいわなきゃいけないこと？」

ぼくが返事に詰まると、立花は微笑する。

「久しぶりに話をしてみたいと思っただけだよ。昨日、大学に会いにいったけど、けんもほろろに冷たくされたな。わかりきってたけど、こたえたよ」

ぼくは目に見えてほっとして見えたのだろう。コーヒーをすすりながら、立花はからかうような表情を見せた。

「――佐伯が好きなの？」

いきなり核心を突かれて動揺する。

「……いけませんか？」

「いけなくはないよ。ただ、大変だろうなと思って。きみには……佐伯は無理じゃないかな。きみは佐伯とつきあってるの？」

「先生は俺の気持ち知ってるし、これからちゃんと考えてくれるはずです」

つまらない対抗心から、そう答えざるを得なかった。振られたけど、キスもされたし、諒一郎がほんとうはどういうつもりだったのか、ぼくはまだきちんと納得のいく説明を聞いていない。そう思っていたのに……。

「それはないな。あいつがきみに手をだすわけがない」

立花は妙に確信をもっていいきった。

「あいつは、昔、ぼくとの関係をきみに知られたって、ものすごく気にしてた。とにかくきみがかわいいんだ、っていってたよ。『弟がふたりもいるのに、まだ足りないのか』ってぼくが皮肉ったら、これはもう理屈じゃないっていってたな。だから、佐伯はきみと恋愛なんて考えないと思うよ。あいつは基本的に頭が固いからね」

おまえはそういう対象じゃない——諒一郎にいわれた台詞《せりふ》を思い出して、声が震えた。

「どうしてそんなことといえるんですか。立花さんはずっと先生に会ってなかったでしょ？」

「会ってなくたって、ぼくは佐伯をよく知ってる。この数年間で、やつがぼくに理解不能なほどの変貌《へんぼう》を遂げたとは思わないな。それに……佐伯に聞いてごらん。『立花とつきあったことで、いい思い出がありますか？』って。あいつはひとつもないって答えるはずだよ。ぼくとのことで、ずっと苦い経験を引きずったままだから、大事なきみで失敗するのは怖いんじゃないかな。だから最初から手はださない」

当たっているかもしれないと思うふしはあった。諒一郎はぼくにキスしたことを後悔しているように見えた。そして、立花との関係も、「あれは失敗だった」といった……。

「全部ぼくのせいなんだけどね」

立花はこちらの反応を愉《たの》しんでいるのかのように微笑《ほほえ》んだ。相手の思惑にのってはいけないのに、「え……？」と疑問符を投げかけずにはいられなかった。

「佐伯と別れるとき、ぼくはすでに地元で就職が決まっていた。半年ほど前に見合いもしていて、結婚を前提につきあってる相手がいたんだ。『そろそろ親孝行しなきゃいけない。だから、この関係は終わりにしよう』——全部決まってから、佐伯に話をしたんだ。寝耳に水だったからね。びっくりしてたよ」

ぼくもすぐには声がでなかった。まさかそんな経緯で別れたとは思わなかった。

「なんでそんなだましうちみたいな酷《ひど》いこと……」

「べつに酷くはない。院に進んで研究職につけなかったら、ツブシがきかないからね。教師になるくらいしかないだろ。地元の高校で正規採用されるって話がでたとき、将来のことを考えて決めただけだよ。佐伯が大学に残ることはわかっていたから。途中でやつにあれこれ相談したら、ぼくも迷って決心がつかなかった」

「だからって、それと先生との関係は別じゃないですか。なんで黙って結婚まで話を進める必要があるんですか」

「地元に帰るなら、親の手前もあるし、結婚はセットだったんだ。もちろんすぐじゃなくてもよかった。だけど思い切るためには、そういった決断も必要なんだよ。……別れるときはけっこうな修羅場だったよ。佐伯に首絞められたからね」

立花に別れを告げられたときの、諒一郎の心情は察するに余りある。たぶん立花のことを微塵《みじん》も疑っていなかっただろう。姿を見せなかったのも、忙しいからだと思っていたに違いない。それがいきなりすべてをリセットするから、と別れを告げられる——。

話を聞いているうちに、ぼくは立花という人間がわからなくなった。たとえ事実だとしても、それを平然としゃべる神経が理解できなかった。

「先生は……あなたと友達以上になったのは失敗だったって……あなたのこと、『死んだ』っていってた」

さすがに立花の表情が硬くこわばった。ぼくから目をそらすと、「そうか」とひとりごちるように呟《つぶや》く。

「死んだっていわれてたのか。そのほうが、佐伯の心には綺麗《きれい》に残ったんだろうね。残念なことしたな」

頭のなかが真っ赤に染まった。目の前の男を傷つけられるだけ傷つけてやりたい。そんな凶暴な気分になったのは初めてだった。


マンションを訪れると、諒一郎はまるでぼくがやってくることを予知していたみたいに、驚いた顔も見せないまま「上がれ」と出迎えた。夕飯の支度の途中だったのか、キッチンからいい匂いが漂っていた。

「先生、俺……」

先日振られたうえにキスされたという気まずいことがあったのも忘れて、ぼくはとにかく興奮していた。立花と話していて、心のなかにもやもやとたまったドス黒いものを吐きださなければ気が変になりそうだった。

諒一郎は不思議そうにぼくを見て、からかうような目をする。

「どうした？　なにかあったのか」

「立花さんと……」

その一言で、諒一郎の表情が微妙に変化した。ちょうどキッチンのほうから鍋《なべ》が吹きこぼれる音がしたので、「ちょっと待て」と背を向ける。

ぼくは待っていられなかった。気がついたら、キッチンに駆け込んで諒一郎の背中に飛びついていた。

「先生、俺、立花さんと話した。あ、あんなやつ……別れて正解だよっ！」

諒一郎は「え」とぼくを振り返る。

「別れてよかったんだよっ。後悔することなんて、ひとつもないよっ。あんなやつには、先生がもったいない。俺、昔っからあいつのこと、嫌いだった！　大嫌いだ！　あんなやつのために先生が少しでも傷ついたなら……俺は立花のこと許せないっ……！」

なにをそんなに興奮しているのか。自分でもおかしいと思ったが、抑えきれなかった。だって、あいつは諒一郎とのことをペラペラとしゃべった。ぼくがこの何年間かずっと知りたくて、でもふれてはいけないと思って、ずっと黙って見ているしかなかった、諒一郎のことを大事に想ってきた時間——それらのすべてが踏みにじられた気分になった。

「——馬鹿《ばか》だな。おまえが泣くことじゃないだろ」

諒一郎は「よしよし」となだめるようにぼくの頭や背中をなでた。あまりも興奮しすぎて、泣いていることにも気づかずにこぼれおちる涙に自分で驚いた。

「す、すいません……俺、なんか興奮しちゃって」

「立花になにかいわれたのか？　あいつも容赦ないからな」

あんな酷いことを聞かされたなんて、とてもいえなかった。諒一郎がぼくにその事実を教えたいと思っているかどうかもわからないのに。

ぼくが黙っていると、諒一郎は「とにかく座って話そうか」とリビングのソファに連れていった。ティッシュペーパーをとると、顔に押しつけるようにして涙を拭《ぬぐ》う。

「幼稚園児が思いきり泣きはらしたあとみたいだな」

さすがにむっとして、ぼくは「ほっといてください」とティッシュペーパーの箱をひったくった。

諒一郎はおかしそうに笑いながら、ぼくの涙がおさまるのを待っていた。その目はあくまでも穏やかな光を浮かべている。

――よかった。

諒一郎は冷静だ。たとえ昨日、立花となにを話したのだとしても、ぼくの頭のなかを真っ赤に染めたような毒は諒一郎を侵していない……。

「――落ち着いて話せる？」

問いかけにとまどいながらも頷く。すでに泣いた興奮はおさまっていたが、腹立ちは募るばかりだった。

「先生はあんなひとが好きだったんですか？　俺はあのひと……最低だと思う」

「そうだな。最低だよ。立花は、昔からああいうやつなんだ。なにをいわれたか知らないけど、気にするな」

「……先生、立花さんのこと……許してるんですか？」

「許すもなにも、もう昔のことじゃないか。関係ない」

諒一郎はきっぱりとそういいきったあと、苦笑した。

「俺は見る目がないんだよ。あいつも全部が悪いわけでもないんだけどな。ただ、自分を『いいひと』に見せかける術《すべ》を悲しいほど持ち合わせてないのは事実だな」

「ずいぶん理解があるんですね。先生は俺が立花さんと話したって聞いても、全然驚かないんですか？」

精一杯の嫌味をいうと、諒一郎は少し黙り込んだ。

「――おまえがくる前に、実は立花から電話があったんだ。ちょっと悪ノリして、おまえのことイジメすぎたって。おまえの反応がおもしろいから、あいつはからかったんだよ」

「からかった……？」

ぼくは耳を疑った。

「立花はおまえが気に入ったんじゃないのか。電話で、別れ際のおまえがもの凄《すご》い形相《ぎょうそう》になってたって心配してたよ。いろいろ話しすぎたからって。俺のところにきっと行くだろうって」

別れるときに修羅場で首を絞められたといったのも、つい口が滑ったとでもいうのか。それにしても一昨日再会したばかりの諒一郎と立花が、すでに電話で気安く話せる関係だとは思わなかった。いくら昔つきあっていたとしても、あんな別れ方をしたのに？

諒一郎はぼくの疑問を読みとったのか、小さく嘆息した。

「国巳……。いっておくけど、俺は立花に対して、もうなんとも思ってないんだよ。意識する必要もないから、電話があれば普通に話す。会いにくれば、旧友として対応する。でも、それだけだ」

その言葉に嘘はないような気がした。けれども、立花と諒一郎がぼくのことを心配して電話で話している光景など悪趣味な戯画にしか思えなかった。

「最初に電話があったってこと、なんでいってくれないんですか」

「悪かったよ。おまえが俺と立花のことを誤解するかと思ったんだ」

諒一郎は「ごめんな」と呟き、ぼくの頭をなだめるようになでた。

――わからない。

立花と平気で話せる神経も、ぼくの気持ちを受け入れないくせに「誤解しないように」と気を遣う意味も理解できなかった。いっそのこと「立花とよりを戻す」といってくれたら、わかりやすくて助かるのに。

「国巳?……」

あとほんの少し首を伸ばせば、ふれそうな距離に諒一郎の顔があった。目が合うと、諒一郎は「どうした?」といいたげにぼくを見る。

「先生は、俺のこと……」

なにを問おうとしているのだろう。「好きだけど、意味が違う」とはっきりいわれてしまっているのに? だけど、そのあとキスされて……立花が現れて……。

舞い上がったり、落ち込んだりはいつものことだけれども、さすがに今回の展開はしんどかった。

ぼくの目は潤んでいたのだろう。諒一郎は「国巳?」と問いかけながらぼくの前髪をそっとかきあげた。ゆっくりと顔を覗《のぞ》き込まれたときには、またこのあいだのようにキスされるんじゃないかと思った。

思わず息をつめる。だけど、なにもされなかった。

「──おまえのことがいつでも心配だし、ほかの誰かに傷つけられたと思ったら、俺はそいつが憎くてたまらないよ」

諒一郎は呟くようにそういうと、苦痛を覚えているような表情を見せて、ゆっくりとぼくからからだを離す。

心臓がいやな音をたてる。諒一郎はぼくに決して手をださない。立花が「理屈じゃない」といった──その理由。

「……先生はほんとは俺のことをどう思ってるんですか。そういう対象じゃないっていうのに、このあいだしたこととか……俺には、よく意味がわからない」

「このあいだの意味？」

はぐらかすように問い返される。ぼくが重ねて問おうとすると、諒一郎の口許《くちもと》が「キスしたことか」と小さく笑った。

「かわいいから、我慢できなくなった」

「ふっ……ふざけないでください。そうやってごまかされるから、俺はわけがわからなくなって……」

「──ふざけてるわけじゃないよ」

諒一郎は重いためいきをついた。

「おまえのことはかわいいと思ってるから、俺だってグラッとくることはあるんだ。おまえが相手だってことをつい忘れて、反応するんだよ。男の反射神経みたいなもので……だけど、そうしたいと思うのと、実際に行動を起こすかはまったく別問題なんだ」

「なんですか、それ。ひとにいきなりキスしておいて、そんないいかたって……お、俺、初めてだったのに」

「だから、引っ越すときに俺の部屋にはもう気安くくるなっていっただろ？　いうこときかないから、怖い目にあう」

「べつに怖くない。そういうことといってるんじゃないんです。先生がキスしたいんだったら、なんでもしてくれればいい。理性なんてなくしてくれてもいいのにっ」

売り言葉に買い言葉で叫んだら、諒一郎は「は――」と笑いながら口許を押さえた。

「ケダモノになれって？　このあいだから、国巳はいうことがいちいち大胆だな。相手が俺だからいいけど、ほかの男にそんなことといったらいったいどうなるんだって心配だよ」

「先生にしかいわないし……。先生があまりにも頑固だから、俺がこんなことというしかないんじゃないかっ……」

必死になるあまりかなりめちゃくちゃなことをいっているとわかっていたが、どうしようもなかった。

「ほんとにな。どうしたらおまえにそんなことをいわせずにすむんだろうな。……どうしたら、わかってくれるんだろうな」

諒一郎はもうぼくをからかいはしなかった。弱りきったようにうつむいて少し考え込んでから、つつみこむような眼差《まなざ》しを向けてくる。

「俺は、おまえを子どものときから知ってる。おまえはかわいいし、やさしいし、俺なんかを物好きにもずっと好きだっていってくれてる。本来なら、俺は喜ぶべきなんだろうな。こんなに俺にとって都合のいい話はないと思わないか？」

そこで再び黙り込み、諒一郎は眉根を寄せた。その口許から、やわらかい笑みはすでに消えていた。

「だけど、俺は——俺みたいな男に都合よくするために、おまえをかわいがってきたわけじゃないんだ。子どものおまえと遊んでた昔の俺が、おまえにキスする俺なんて見たら、たぶん殴り殺したくなってる」

脇《わき》の下につめたい汗が流れる。

(特別って、ある意味、なんにも関係がないよりもキツイよな)

健史のいった言葉が脳裏に甦《よみがえ》っていた。子どもの頃、ぼくが告白したとき、たぶん立花がいなくても、同じ理由で振られていたに違いない。それと、いまも同じ。

諒一郎は目を閉じて、静かに息をついた。

「それに俺は以前、おまえを一度傷つけてる。立花とはうまくいかなかったからって、いまさらおまえと——そんな調子のいいことできるはずがない」

「……先生、俺はそんなこと気にしてない」

「俺は気にするんだよ。そういうことはできないんだ。このあいだキスしたことは謝る。おまえのことはかわいい。だけど、そういう対象としては見たくないのが俺の本音なんだ」

（……国巳……俺がどんなに……）

キスされたとき、耳に吹き込まれたせつなげな声を思い出す。あんなふうにしておいて、なにかが矛盾している。

「でも……俺は納得できない。あんなキスしておいて」

「おまえがそういうのもわかるよ。軽蔑《けいべつ》されても仕方ないな」

途方に暮れた顔をするところを見ると、諒一郎はつくづくあのキスを失敗したと思っているようだった。

立花のいったとおりなのだろうか。諒一郎はぼくとの恋愛なんてハナから考えていない？ 特別な存在だから？

でも、これほどまでに頑《かたく》なにぼくの気持ちを受け入れないのは、それだけが理由ではないはずだ。

（——苦い経験引きずったままだから）

「……先生、立花さんとつきあってて、いい思い出ってありましたか？」

諒一郎は「なぜそんなことを訊くんだ」と訝しげな顔をしながらも、きっぱりと首を横に振った。

「——ないよ。ひとつもない」


「え？　予備校で声かけてきたのって、先生の前の恋人なの？」

諒一郎の部屋を出たあと、ぼくはそのまま家に帰る気にもならなくて、健史の家を訪ねた。

こういうときはやっぱりヤケ酒だろうと、ろくに飲めもしないのにこっそり持ち込んだ缶ビールで酒盛りをしながら、いままであったことを一気にしゃべりまくって、気がついたら真夜中を過ぎていた。

ほどよく散らかっている床の上にあぐらをかいて、ぼくは飲みほしたビールの缶をぎゅっと握りしめる。立花の予測したとおり、諒一郎が「いい思い出がない」と応《こた》えたことが不愉快でしようがなかった。

「俺、どう考えても納得いかない。なんで先生はあんな男が好きだったんだろう。最悪だよ」

「そりゃ、それこそ理屈じゃないんだろ。それにしてもおまえも馬鹿《ばか》だな。先生がせっかくグラッときて、キスしてくれたんだから、もうちょっと積極的にいけばよかったのに」

意地悪く笑う健史を、ぼくは赤くなりながら睨《にら》みつけた。

「そんなことできるわけないだろ」

「でも話聞いてると、先生ってなんだかんだいって保守的だからなあ。前の恋人とのいざこざがなくたって……まあ、難しいんじゃやない？　自分なりの信念があるみたいだから」

たしかに「そういう対象として見たくないのが本音だ」――あの台詞はかなりこたえた。

「やっぱり無理なのかな……。先生は俺のこと、そういうふうには見れないのかな。『別れて正解だった』なんて、昔つきあってた相手を悪くいったのもまずかったかもしれないし」

「いいんじゃない？　とりあえずキスしてもらったんだから、そこは自信持てば？」

いくらキスしてもらっても、それで受け入れてもらったならともかく、拒まれている立場としてはいたたまれない。

「もういいよ。キスしたことは……単に男の生理現象みたいにいわれたんだから」

「だとしてもさ、おまえにいきなりムラムラくるってのも考えにくいだろ？　そこポイントだと思うけどな」

「遠まわしに酷いこといってないか？」

「いや、すごく希望のある可能性を示してやってるんだよ。きっと先生はおまえに対して長年押し隠してた感情ってのもあるんだと思うよ。最初から『対象外』だったら、そんなふうにキスしたりしないもん。ただそれが、おまえが望んでるようなものとは限らないし、先生がおまえに伝えたいと思っているかどうかもわからないけど」

「先生みたいにわけわからないこというなよ。もっと単純でいいじゃないか」

ぼくが唇を尖らせると、健史はくっと楽しそうに笑った。

「俺は、先生がおまえを以前振ったこと、『気にする』っていったの、わかるけどな。いまのおまえ見てたら負い目があればあるほど、『この子は俺にこんなに一生懸命になってくれて、俺はどうしたらいいんだろ』って途方に暮れちゃうよ」

「俺は気にしないっていってるのに？」

「だからこそよけいにって思うんじゃないの？　なんたって『特別』だからさ」

「――――」

いいかげんあきらめろ。自分のなかから、初めてそういう声が聞こえてきた気がした。

頭が重くなって、ぼくはその場にごろりと寝転がる。もうそろそろ潮時だ……。

あきらめろ、あきらめろ。そうすれば楽になる。

「――まあ、おまえに先生は無理だよ。あきらめろ」

健史のなだめるような声を聞いた途端、ぱちりと目が開いた。自分からそうしようかと考えていたにもかかわらず、他人からいわれるとまだ納得できないことに気づく。

「どうして？」

「どうしてって、これだけしつこく頑張ったんだからもういいだろ？　一度振られてるのに、ほんとによくやったよ。初恋は実らないってみんなあきらめるのに、おまえは偉いよ。先生の元恋人が現れたのも、いいかげん吹っ切るタイミングを神様が与えてくれたのかもしれないだろ？」

「吹っ切る？　タイミング？」

立花の登場がターニングポイントのようにいわれると、無性に腹が立った。ぼくが起き上がって詰め寄ると、健史は「お」と目を瞠《みは》る。

「立花靖彦は先生に酷いことをしたんだぞ。あんな自分勝手なやつに、先生を渡せっていうのか。おかしいじゃないか。俺が……たとえ相手が俺じゃなくたって、先生が幸せになるならいいけど、あいつは駄目だ」

「国巳……」

「神様は間違ってる」

健史は弱りきった様子でぼくをじっと見つめてから、「酔ってるよ」と天を仰ぐ。

「国巳、おまえはよく頑張った。だから、もういいだろ。今日はそのまま寝ろ」

「よくない。なあ、どうしてそうなるんだよ。俺は先生が大好きで、なにがあってもかまわないのに。だいたい、先生は俺にキスしたんだから、そういう対象として見られないっていていうのもいいわけだと思わないか？」

「だから、それはおまえが大切だってことだろ？　わかってるじゃないか。先生が手をださないのは、おまえが特別だからなの。大事なの」

「大事になんか……されたくない」

ぱたりと電池が切れたように再び床に寝転がって丸くなったぼくを、健史がやれやれと引っ張りあげた。「寝るんなら、布団で寝ろ」と半ば強引にベッドに押し込む。

「その立花さんとやらのことは、おまえとは関係ないじゃないか。先生がいまさら許したり、受け入れるはずがないだろ。安心しろ。おまえが玉砕しても、先生はそのひとのものにはならないよ。神様はちゃんと見てる」

そんなことはない、と異義を唱えたかった。だって……どんなに努力しても、学校の成績みたいに恋愛だけはうまくいかない。叶《かな》わない想いでも、好きでいることもやめられない。それと同じように、傷つけられたって嫌いになれないことだってあるんだ。

いくら立花靖彦が諒一郎に酷いことをしたって……もしかしたら。

諒一郎が立花の首を絞めたことまでは、健史に話していなかった。ぼくには諒一郎が逆上して誰かの首を絞める場面なんて想像できない。自制心の強そうな諒一郎がそこまでの行為に至るのだから、よほど強い想いがあったのだろう。ぼくの知らない顔がそこにある。

諒一郎は、ぼくには決してそんな顔は見せやしない。やさしいといえば聞こえはいいけれど、あたらずさわらずの……。

「まだ好きなのかなあ……あいつのこと」

呟いてみると、それが真実のような気がした。

諒一郎が「もうなんとも思ってない」といいきっても、立花とのことで恋愛に興味がもてなくなったというのなら、いまだに立花に縛られている証拠じゃないか。とけない呪《のろ》いをかけられているようなものだ。

諒一郎はどんなに怒っても、ぼくの首は絞めるような強い感情は抱《いだ》かない。中途半端に大事にされるくらいなら、いっそのこと——。

そこまで考えて、はっと我に返る。マズイ。立花の毒が伝染している。このままではぼくも呪われてしまう……。

「呪いが……」

健史が「なんかいったか？」と聞き返してきたが、ぼくは急速な睡魔に襲われて答えることができなかった。

## 6

翌週はずっと忙しいみたいで、諒一郎と会える時間はなかった。

そのあいだにぼくは幾分開き直って、前向きに考えるようになっていた。

相手にされていないことは以前からわかっていたのだし、いますぐに諒一郎がほかの誰かとどうこうなるわけでもない。健史にいったら、「まだ頑張るのか。いいかげんしつこい」と笑われてしまいそうだけど——でも、諒一郎がぼくを頑なに拒む理由が「国巳は特別だから」ということだけではない気がするのだ。

諒一郎は誰も受け入れていない。立花と別れたあのときから。

そんなのって……淋《さび》しいじゃないか。

いままでみたいに「もしかしたら」と期待して、諒一郎を困らせるつもりはなかったけれども、少なくともぼくのなかではこの気持ちを急いで打ち消さなくてもいいような気がした。

気まずくならないようにもう一度諒一郎ときちんと話をしたかったが、なかなか機会がやってこなかった。土曜日なら大丈夫かと思ってメールをすると、仕事が残っているので大学に行くという。下っ端はあらゆる雑用を押しつけられるから、本来の仕事をゆっくりとできるのは土曜日ぐらいしかないらしい。

夕方には終わるというので、ぼくは待ちきれずに迎えにいった。研究室の前まで行くと、ドアが半開きになっていて、中からひとの話し声が洩《も》れ聞こえてきた。たぶん相手は学生だろうと思って、「先生?」とノックをしながらドアを開けた。

室内を見た途端に、硬直してしまった。諒一郎が手前にあるテーブルに腰をかけていて、そのかたわらには立花靖彦が立っていた。ジャケットを羽織ったラフな格好をしている。

「どうした?」

諒一郎はあわてた様子もなく、ぼくに笑いかける。

「いえ……また、あとでお邪魔します」

どうして? なんで立花がいる?

立花はぼくを見ると、すっと目を細めた。ぼくは逃げるように踵《きびす》を返すだけで精一杯だった。いまなにかをいったら、また暴走してしまいそうで。

「ぼくはもう失礼するよ。用もすんだし」

ドアのところに突っ立っているぼくの脇をすり抜けるようにして、立花は部屋を出ていく。

ぼくは去っていく立花の背中と、諒一郎の顔を交互に見た。

「大学のときの友達が倒れたんだよ。見舞いにいってきたっていうから、その報告……」

諒一郎の説明を最後まで聞いていなかった。いったいどういうつもりなのか。ぼくはいてもたってもいられなくなって、「すいません、ちょっと急用が」といって部屋を出る。「国巳？」と問いかける諒一郎の声を背中に聞きながら、立花を追って階段を駆け下りた。研究棟を出たところで、ぶつかるように走り寄ってその肩をつかむ。

　ぼくが追いかけてくるのを半ば予期していたのか、立花は落ち着き払った態度で振り返った。

「なにか用？」

「あ……あなた、先生に……」

　息が切れて、すぐには言葉が続かなかった。

「先生につきまとわないでくれませんか。どうしていまさら近づこうとするんですか。ずっと疎遠にしてたじゃないですか」

「友人の見舞いの報告だよ。佐伯が容態を気にしてるってほかのやつに聞いたから」

「それはわかってます。そうじゃなくて……」

　弾んだ息を整えていると、立花が「座ろうか」と通路の脇のベンチを示した。あいにくベンチのそばに樹木はなかったので、梅雨《つゆ》入り前の強い日差しがじりじりと肌を焼いた。汗がどっと噴きだしてくる。

　立花がふっと笑った。

「きみは興奮しやすいね。そんなんじゃ、すぐに息切れするだろう。なにをしてても」

「……ほっといてください」

ひとの心をさんざんかき乱して、涼しげな顔をしているこの男が、ぼくは憎たらしくてたまらなかった。

「あんなに酷いことしたのに、どうして先生に近づくんですか。立花さんは先生を裏切って結婚したんでしょう？　いまさらなんの用があって……」

「——離婚したんだ」

一瞬、周囲が無音になったように感じた。静寂《せいじゃく》のなかで眩《まぶ》しい陽光だけが目のなかに飛び込んできて、ぼくは眩暈《めまい》を覚えそうになる。

「誤解しないでほしいんだけど——ぼくが離婚したのは、べつに佐伯が忘れられなかったからじゃない。いまさらどうにかなるとは思ってないよ。あいつは、ぼくの裏切りを許せるほどお人好《よ》しじゃない」

離婚していた。地元から出てきたことを聞いて、もしかしたら……と思わなかったわけではなかった。だが、実際にこの場面で告げられると、その事実は重かった。

「じゃあ近づかないでください。どうにかなる気がないんだったら」

「そんなのはぼくの自由だろう。きみに指図されることじゃない。それに……こっちだって、もうくっついた、離れたみたいな関係を望んでいるわけじゃないし」

立花の言葉には、ひっかき傷を残しながらもひとの心に入り込んでいく不思議な棘《とげ》がある。

こちらは一言だって受け入れたいとは思わないのに、刺された棘は消えずに、気がつくと思わぬ毒が回っているような……。

「佐伯は恋愛面ではぼくを切り捨てられても、ぼくが友人として接する限りは拒めないんだ。ぼくに臆《おく》してるところは絶対に見せたくないだろうし、基本的にいいやつだからね」

そこが付け入る隙《すき》だ、といわんばかりに立花は悠然と微笑んだ。

「こっちは長期戦のつもりなんだ。べつにあてがあるわけでもない、すぐに結果がでるとも思っていない。もっというと、望むような結果が得られなくてもかまわない。ただ、佐伯もいまはその気がないみたいだけど、ずっとひとりとは限らないだろう？　気がついたら、佐伯のそばに残ってるのはぼくだけということもありえる」

ズルイ、と叫びそうになった。それはぼくの役目だ。ずっとそばにいて、諒一郎がほかの誰を見ているときでも想ってきたのに。

立花がおもしろそうに目を細めた。

「きみはすぐ顔にでるなあ」

以前、諒一郎は「立花はおまえをからかったんだよ」といった。もしかしたら、いまもぼくの反応を見ているだけで、本心からの言葉ではないのだろうか。

「からかってるんですか？」

「いや。真剣に話してるけど。――きみがどうだろうと、ぼくが立花の旧《ふる》い友人であることには変わりがない。その縁はずっと続く。今日みたいに共通の友人のことでこれからもいろいろあるだろうし。ぼくはそうやって佐伯の人生にずっと関わっていくよ」

その宣言にはズシリと重みがあった。

「あなたは……先生が好きなんですか？　ただ、ひとの気持ちをひっかきまわしたいだけなんですか？」

しばしの沈黙のあと、立花は真正面を見つめたまま呟くようにいう。

「ほんとなら、ぼくはあいつに二度と会う気はなかったんだよ。別れるときに『もう姿を現すな』っていわれたんだからね。それがどうして、馬鹿みたいにノコノコとやつを訪ねてきたんだと思う？」

「…………」

ぼくの返事を待たずに立花は立ち上がった。

「好きじゃなかったら、こんなみっともない真似ができると思うか」

静かに挑発するような瞳《ひとみ》を向けられて、ぼくは一言も返せなかった。

研究室に戻ると、諒一郎はパソコンに向かっていた。

「急用はすんだのか？」

何気ない声で問われて、ぼくは「ええ、まあ」といいながらテーブルの椅子《いす》に腰を下ろした。いきなり部屋を飛びだしていった理由は聞かれなかった。立花を追っていったことは先刻承知なのだろうが。

先ほどの立花とのやりとりがショックで、いつのまにか涙ぐみそうになっていた。

負けた、とは思わない。けれども、いままでずっとそばにいても、諒一郎の気持ちを変えることのできなかった自分がなにをいっても無駄に思えた。

ぼくがいくら頑張っても、立花はそのうちに諒一郎を自分のものにしてしまう。そんな未来が見えるような気がした。

「……先生。昔、俺に立花さんのことを『死んだ』っていったことがあったでしょう？　あれは『死んだ』ってことにしなきゃ思い切れなかったからですか」

キーボードを叩《たた》く音がやむまで、少しの間があった。諒一郎は苦笑しながら振り返った。

「どうしたんだよ？　急に――」

「知りたいんです。そんなに好きだったひとが、もしいまでも好きだっていったら、それでも気持ちはぐらつきませんか？」

諒一郎は嘆息して立ち上がると、ぼくのそばにやってきた。隣の椅子を引いて腰を下ろす。

「立花とさっき話していたことなら、友人としてだし……共通の知り合いが多いから、仕方がないんだ。俺が立花と険悪だって周りに知られたら、あいつもほかの連中と接触しにくくなるから」

それじゃ立花の思うツボじゃないか、といいたいのをぼくはぐっとこらえた。

「でも、先生は『死んだ』って思い込まなきゃ忘れられないほど、あのひとのことがきっと好きだったんですよね？」

立花との関係はぼくが踏み込んで問い詰めることじゃない。そう考えていたはずなのに……。

諒一郎は眉をひそめると、ゆっくりと顔を近づけてきて、さぐるようにぼくの瞳を覗き込んだ。

「首を絞めるほど……そこまで思いつめるほど好きだったのに、って？」

囁《ささや》くように問い返されて、驚きに目を見開く。諒一郎は「やっぱり」と唇の端を上げた。

「あいつはそんなことまで話したんだな。たしかに死んだことにしたいと思ったこともあったけど、おまえがいってるみたいに綺麗《きれい》な気持ちじゃないな。ただ無かったことにしたかった。それだけだよ」

自嘲《じちょう》気味に小さく笑ってみせるが、目は笑っていなかった。

「別れ話をされたのがなんの冗談かと思うくらいに突然だったんだ。なにも言葉がでなくて、手のほうが先に出た。すぐに手を離したけど。まあ、いいわけできることじゃない。あまり思いだしたくないな。違う人間のことのようだよ。それくらい遠い」

やはりぼくが立ち入っていい領域じゃなかった。諒一郎にそんな話をさせてしまったことを後悔した。

諒一郎はしばらく黙ったまま、茫洋《ぼうよう》とした瞳をまっすぐ前に向けていた。やがて重々しい声で告げる。

「国巳。おまえは、俺が好きな相手を忘れられないんじゃないかって思ってるようだけど、忘れられるんだよ。許せないと思っていても、好きだったことも無かったことだと思えば、忘れられる。冷たいと幻滅されるかもしれないけど、俺は立花に対して、おまえが想像してるほどやさしい考えはもってない」

それはそのとおりかもしれなかった。立花のことを話すときの諒一郎は淡々としすぎている。

「俺がいま立花に普通に接してるのは、無理してるわけでも、感情を押し殺してるわけでもなんでもない。なにも感じてないからなんだ。それが事実だから、むなしいと思うことはある。でも、それだけだな」

「でも、向こうはまだ先生のこと……」

立花は大嫌いだったが、諒一郎が昔の恋人に対して冷淡な口をきくのは見たくなかった。

「俺は先生がそんなことというの、好きじゃない……そんな冷めたふうに好きだったのもないことなんて」

「そうだな。国巳に嫌われるなら、やめておこうか」

それで話はおしまいだとばかりに立ち上がると、諒一郎は再びパーティションの奥にあるデスクに戻ろうとした。

違う。やさしい顔の諒一郎だけが見たいわけではなくて——ぼくはあわてて諒一郎の上着の裾《すそ》をつかんだ。

「待ってください。立花さんが関係ないっていうなら、俺のことを先生がどう思っているのか、ちゃんと話してください。このあいだの説明じゃ納得できない」

諒一郎は観念したようにぼくの隣に座り直した。

「国巳はわからず屋だからな。なにが聞きたい？」

「俺をそういう対象として見られないのはなんでですか？　特別だから駄目だって。でも、キスしたとき……」

切羽詰まったような吐息を思い出す。夢中になったようにぼくに覆いかぶさってきた諒一郎の熱に、気持ちがこもってなかったとは信じられなかった。

「キスなんて、好きじゃなくたってできる。たとえば——俺は、いまだって抱こうと思えば、立花を抱けるよ。まったく好きじゃなくても。恨みに思ってたら、好きなふりをして、あいつを傷つけてやることだってできる」

容赦なく淡々と告げられて、ショックを受けずにはいられなかった。学生のとき、立花をあっさり「死んだ」といったのも、諒一郎らしくないと思ったけれども……。

「でも、しない……そんなこと」

「そうだよ。わざわざそんなことをする必要はないから、しないだけだ。できないわけじゃない。興味がないから、時間を割《さ》かない」

「………」

先ほどと同じように、諒一郎が「国巳に嫌われるのなら、もうやめておこう」と話を打ち切りにしたくて、こんないいかたをしているのはわかっていた。ここでやめてしまったら、またはぐらかされてしまう。

ぼくはあらためて諒一郎の顔を見据えた。なにをいわれても、怯《ひる》みはしないという意思表示のために。

「まだ俺になにかいわせるのか」

「先生はほんとのことをいってない。ごまかさないでほしい。俺のことを大切だっていうのなら、先生の考えてることをきちんと教えてほしいんです。いいようにあしらうんじゃなくて。でなきゃ、俺を大切にしてるなんて嘘じゃないか」

「そうか……。痛いとこつくな、国巳は」

苦い笑いを浮かべてから、諒一郎はしばらく説明する言葉を選ぶように考え込んでいたが、その表情から徐々にやわらかいものが消えていった。

「好きだなんて思っても、いっときの感情の昂《たか》ぶりだけだよ。俺自身がそれを信じてないのに、おまえに応えてやれるわけがないだろう？」

まだ「立花に想いを残している」といわれたほうがよかったかもしれない。

「だから、先生は『俺なんか好きになるな』っていうんですか？」

ようやく引き出された答えに、ぼくは茫然《ぼうぜん》とするしかなかった。諒一郎は厳しい表情をわずかに怯ませた。

「――俺はおまえが怖いんだよ。いま、こうやっている瞬間でさえ、なにか悪い影響を与えてしまいやしないかと怖くてたまらない。プラスばかりならいいけど、そういうわけにもいかないだろう？　俺はおまえにいいことばかりしてやれる自信がない」

「そんなこと……」

「立花と失敗したような関係をおまえと築くよりも、昔からのおまえとの絆《きずな》のほうがずっと大切なんだ。俺はその優先順位を変えるつもりはない」

そういわれてしまっては、いくら話しても平行線だった。諒一郎は自分に向けられる好意的な感情を信じていない。相手に向ける気持ちも……？

「俺が好きでも……？　その気持ちはどうでもいいんですか」

諒一郎は再び表情を険しくした。

「どうでもよくないから、俺じゃ駄目だっていってるんだ。俺なんか好きになったって、おまえが家族のことで悩んだり、苦労するのは目に見えてる。俺はおまえがどんなに愛情深く育てられてきたのか、この目で見て知ってる。俺もおまえにそうやって接してきたつもりだ。いま、俺が信じられるのはその自分だけなんだ。それまで無かったことにはしたくない」

「じゃあ、先生はいったい誰を好きになるんですか？　誰も好きにならないんですか？」

どうすれば諒一郎の気を変えることができるのかわからずに、ぼくは夢中で問いただした。

「先生はずっとひとりでいるつもりなんですか？　プラスばかりじゃないからって……先生は誰も必要じゃないんですか。自分が信じられないって、俺の気持ちも否定するんですか。先生は俺のことを大切だなんていいながら、ほんとは自分が……」

興奮のあまり相手を責めていることに気づいて、ぼくはハッと口をつぐんだ。諒一郎は苦しげにぼくを見ただけで、反論しなかった。その唇から、何度目かの重いためいきが洩《も》れる。

「わからない。少なくとも、おまえは無理だ」

「……ほかのひとなら、いいんですか？」

ショックで、目の前にいる諒一郎の声がひどく遠くに聞こえた。諒一郎はうつむくと、まるで祈るように額に両手を組んであてた。

「おまえが俺に誰ともつきあうなっていうなら、そのとおりにしてもいい。約束する」

「そんなこと望んでません」

目の前にいるわからず屋をどうにかしてやりこめてやりたかった。だが、一生懸命に訴えれば訴えるほどむなしくなった。

「先生は……俺がそんなこと望むと思ってるんですか？　本気で？　自分とつきあってくれないなら、一生ひとりでいてくれって？」

なにも応えない諒一郎を前にして、ぼくの頭のなかでプツリとなにかが切れた。

「先生が俺のこと、そんなふうに思ってるんだったら、これ以上話してもしようがない」

ぼくの剣幕に、諒一郎は気圧《けお》されたように瞬きをした。

「国巳――」

呼びかける声を無視して、ぼくは椅子から立ち上がった。興奮するあまり、最後にどこか意地の悪い気持ちが働いたのかもしれない。

「さようなら。先生のことは死んだと思って忘れます」

諒一郎は凍《こお》りついたような表情でぼくを見た。

それが残酷な捨て台詞だったかもしれないと気づいたのは、部屋を出てドアを閉めたあとだった。

家に帰ると、ぼくは夕飯をパスして、さっさとベッドに入った。頭のなかに最後に見た諒一郎の顔が貼《は》りついて、なかなか消えなかった。

（先生のことは死んだと思って忘れます）

あれはいってはいけないことだったのかもしれない。諒一郎は明らかに傷ついた顔をしていた。

なにも考えたくなかった。終わらせてしまったことを後悔するのも、仕方なかったと認めることもできずにいた。昔振られたときみたいに「わーっ」と叫ぶのをこらえて走り回るだけの気力もなかった。だから、ぼくは眠った。意識を失うように——死んだように深い眠りに落ちた。大切にしていたものを自らの手で壊してしまった。そんな喪失感からいっときでも逃げたくて。

「国巳、具合悪いの？」

目を覚ましたのは、母親が心配そうに部屋を覗き込んだからだ。ひと眠りすると、眠りに落ちる前の出来事は少しだけ遠くなっていた。

「諒一郎くんから電話があったわよ。ごはんも食べずに寝ちゃったから具合悪いみたいって答えたら、また電話しますって」

携帯を確認すると、こちらにもかけてきたらしく、着信履歴が残っていた。留守電にはなにもメッセージが残されていない。

どうして電話なんてしてくるんだろう。

健史からの着信もあったので、折り返すと、ちょうど両親が出かけていて兄貴しかいないから遊びにこないかという誘いだった。諒一郎のことを考えたくなくて、ぼくはふたつ返事で了承した。

手早く身支度をしながら、ふとテレビの脇に置いてある映画のＤＶＤが目についた。諒一郎から借りていたものだ。「ひとは別れるときは別れるよ」と少し皮肉げにいった諒一郎の顔が頭をよぎる。なにを思ったのか、とっさにそのＤＶＤをカバンに入れて階下におりた。

「母さん、俺、出かけるから」

「あら、諒一郎くんのとこ？　急ぐ用じゃないっていってたわよ」

「違う。健史んとこ。今日はあいつんちに泊まるから」

「大丈夫なの？　こんなに遅くなってから」

母親の「気をつけなさいよ」という声に見送られて、ぼくは家を出た。

もしかしたら——と、吸い寄せられるように離れの玄関に回る。庭先の鉢の下に隠してある鍵《かぎ》を使って、中に入った。八畳間の襖《ふすま》を開けて、そこに誰もいないことを確認すると、ぼくは立ちつくした。カーテンを開けると、真っ暗な室内にほのかな月明かりが差し込む。

馬鹿みたいだ。諒一郎がきてるかもしれないと思うなんて。

ふっとからだの力が抜けていくのを感じながら、ぼくは畳の上にごろりと寝転んだ。無意識のうちに天井に向かって手を伸ばす。

子どもの頃、離れに泊まらせてもらって、諒一郎と一緒に眠ったことがあった。あのときはからだが小さかったから、ひどく天井が高く見えたっけ。

――届かない。

もしかしたら、届くかもしれないと思っていたのに届かない。

（おまえはほんとにかわいいよ）

諒一郎がそういいながら、ぼくの頬《ほお》を引っ張ったときのことを思いだした。甘いアメ玉を口いっぱい含んでいるみたいな記憶。あの頃から大好きなひとだったのに。

（先生のことは死んだと思って忘れます）

なのに……いまさらながら、酷いことをいってしまった。

（ひとは別れるときは別れるよ）

カバンからＤＶＤを取りだして眺める。

諒一郎に、この映画の監督がスキャンダルを起こしたから、前みたいにのめりこんで見られないといったことがあった。だけど、ぼくは決して嫌いになったわけじゃない。

諒一郎は好きだったことも無かったことにしてしまえば忘れられるといった。

だけど、負け惜しみじゃなくて、ぼくはなにがあったって、好きだったことを無かったことになんてしない。

だって、いまも伝えられるものなら、もう一度きちんと伝えたい。

ぼくはただ諒一郎が好きで——大好きで。たとえ受け入れてもらえなくたって、それは変わらないんだってこと。

「……諒ちゃんは、なにもわかってない」

ひとりで呟いた途端に、いてもたってもいられなくなって、ぼくは飛び起きると、カバンをかかえて離れを出た。あのわからず屋になんとかわからせてやりたい。そのまま急いで自転車に飛び乗る。

夢中になって、自転車をこいだ。大通りとはいえ、住宅街に入ると、人通りは途絶えていた。深夜営業の店舗が誘蛾灯《ゆうがとう》のような光を放っている。

ぼくの自転車をこぐ音だけが聞こえてきて、前カゴに突っ込んだカバンのなかでカタコトとDVDが揺れた。あまりにもそのリズムが軽快で、歌いだしたいぐらいだった。

うまくいかないからって、嫌いになんてなれない。振られたからって、相手を傷つけたいなんて思ったこともない。

正直なところ、諒一郎と立花の関係を羨《うらや》んだこともあった。自分もあんなふうになれたら——大切にされなくてもいいから、憎まれてもいいから、相手の心のなかに痛いくらい傷としてでも刻み込まれたいって。

でも、ぼくは立花とは違う。自分が思い切るために相手を挑発して傷つけるような真似はしない。そして諒一郎も、激情のあまりぼくの首を絞めるなんてことはたぶん永遠にありえない。だけど、それでいい。胸をかきみだすような激しい感情だけが、ひとの心を動かすわけじゃない。

たしかにそういうこともあるのかもしれないけど、ぼくが求めているのはそんなものじゃなくて。そっと口のなかに頬張ったアメ玉が溶けていくようにゆっくりと染み入って、からだの一部になってしまうような消えないなにか。激しさはなくても、ぼくにとっては大切ななにか。

（俺はおまえにいいことばかりしてやれる自信がない）

先生、俺はそんなこと望んでない。だから……。

諒一郎のマンションに着くと、ぼくはドアの前まで行って、いったん深呼吸をしてからインターホンを押した。名前を告げると、諒一郎はすぐに飛び出してきた。

「国巳——」

諒一郎はぼくの顔を見ると、安堵《あんど》したように息をついた。たぶん大学で別れてから、ずっとぼくのことを気にしていたに違いない。いくら突き放そうとしたって、結局最後はそういう顔を見せるのだ。心配でたまらないって目をして——昔からなにも変わらない。ぼくはそれがずっと不満だったけど。

「先生、俺……」

勢い込んできたはずなのに、しゃべりだした途端に言葉が止まってしまった。

「どうした？　とにかく上がれ」

「いや、俺、健史のうちに行く途中だから……これ、返しにきたんです」

とりあえずＤＶＤのケースを諒一郎の手に押しつけた。諒一郎はとまどったようにぼくを見た。

「先生、電話くれたでしょう？　俺も後味が悪くて、どうしてあんなこといったんだろうって後悔してて……」

諒一郎がなにかいいかけたので、ぼくは「待って」と制した。

「俺、伝えたいことがあってきたんです。聞いてください。俺、昼間、先生を死んだことにして忘れるっていったけど、あれ、なかったことにしてほしい。俺はあんなふうに先生のこと思ってない。それをちゃんといっておきたくて」

「……それをわざわざいいに？」

問いかける諒一郎の声はやさしかった。ぼくは再び深呼吸してから、諒一郎の顔をまっすぐに見つめた。いいたいことははっきりしてるのに、うまい説明の言葉が浮かんでこなくて、諒一郎の手にあるＤＶＤを指さす。

「その監督、スキャンダルを起こしたから、俺は前みたいにのめりこんで見られない、っていったことがあったじゃないか。でも、嫌いになったわけじゃない。すべてを否定したいわけじゃなくて……俺は夢が壊されたって思っても、やっぱり好きで……それと同じように、先生がどうだろうと、俺にはまったく問題がないってことなんです」

話しているうちに頭がこんがらがってきたけれども、必死に言葉をつむぐ。

「だから……この先、もしも先生に失望することがあっても、俺は先生を好きだった気持ちをなかったことにはしない。たとえ先生が俺に応えてくれなくても……俺にとっては、先生が好きだっていう気持ちは大切だから。それだけはちゃんといっておきたくて。三度目の告白になっちゃうけど、今度こそ全部いって、きちんと振られておこうと思って。俺、最後にひどいことをいったから、先生に変な呪いをかけてしまったんじゃないかと心配だった」

「──呪い？」

諒一郎は不思議そうに聞き返す。また「夢見がちだな」と笑われてしまうのではないかとどっと汗が噴きだしてきた。

落ち着け、と自分にいいきかせる。ぼくはいままでなんだかんだいって諒一郎にただ好きだと気持ちを押しつけて、応えてほしいと願うばかりで──でも、それ以外のこともちゃんと伝えたい。

「呪いっていうか、先生、俺に『誰ともつきあわないって約束してもいい』っていったでしょ。俺は先生にあんなこといわせたかったわけじゃない。そんなふうに縛りつけるつもりで好きだっていったんじゃないのに。先生はひどい勘違いをしてる」

ぼくは立花が諒一郎に呪いをかけているのだと思っていた。好きなひとに裏切られた記憶が諒一郎を縛りつけている。その呪いをといてあげたかった。

「先生はすぐ自分を責めるから。俺を振ったことで、『また国巳を傷つけてしまった』って気にしてるんじゃないかって。だけど……先生は自由だし、立花さんともう一度やりなおしたっていいんだし」

「立花とはありえないっていっただろう？」

「だけど、以前は好きだったでしょう？　それに、あっちはいまでも好きだから……俺、それがよくわかるから」

ぼくが立花のことを口にするのが理解できないらしく、諒一郎は渋い表情になった。

「本気でいってるのか。それでいいって？」

「よくないけど……だって、先生はそういう意味じゃ、俺を好きになってくれないでしょう？　理屈じゃないっていわれるし。先生、どこまでも頑固だし」

ひがみっぽく聞こえないようにつとめたけれども、語尾が震えた。笑ったつもりで、目の周りが熱くなるのをこらえていたら、唇がどうしようもなくゆがんだ。

「国巳……」

それを映したように諒一郎の表情が苦しげになったので、ぼくはあわてて首を振った。

「違うんです。俺は子どもの頃、先生と一緒にいると、いつも甘いアメ玉をたくさんもらってるみたいな気分になれた。だけど、もしも先生が『もうあげられるアメ玉はないよ、いいことなんてなにもないよ』っていったって、俺は先生のこと好きなんです。いいことなんかなにもなくたって――誰も先生を責めない。先生が苦しそうな顔するのが、俺は一番つらい。だから、『誰ともつきあわない』なんて、そんな淋しいこといわないでほしい。俺、そんな先生を見たいわけじゃない。……それをわかってほしかったから」

ほかのひととでも幸せになってくれればいいと思いつつ、心の底では自分が相手になれればいいという望みは捨てられない。いまも……完全に捨てきれるものではないけれど。好きで好きで、大好きで――だけど、必ず叶うわけじゃない。そこだけは神様は不公平。とっくの昔にぼくは知っている。

諒一郎はなにもいわずに張りつめた表情をしてぼくを見ていた。おそらく「応えられなくてごめんな」――そういいたいのかもしれない。ぼくは無理やり唇の端を上げる。

「大丈夫。昔みたいに、振られたからって、俺は先生を避けたりしない。いままでどおり。俺は先生のそばにいて……そして、先生にいつか誰かいいひとができたとき、もしまだしつこく好きだったりしたら、『好きだったのになあ』ってちょっと泣くんです。でも、それは先生のせいじゃない」

その光景を想像したら、いままでかろうじてこらえていたものがあふれてしまいそうになった。振られるためだとわかっているから、この三度目の告白が一番つらい。

唇を噛《か》み締めたとき、ちょうどいいタイミングで携帯が鳴った。諒一郎の視線から逃げるように確認すると、健史からだった。

ぼくがなかなか家にこないからかけてきたのだろう。そのままでいたらまた情けない言葉を口にだしてしまいそうだったので、ぼくは「すいません、約束してる健史からなんで」と電話に出る。

なにも知らない健史は、呑気《のんき》に『まだ家？』とたずねてくる。

「ちょっと先生のところに寄ってて」

電話に出たのは正解だった。ありがたいことにいまにもこぼれそうなっていた目尻《めじり》の涙が引っ込んでくれた。

『先生のとこ？　なんで先生のとこなんていってるんだよ？』

これ以上、目の前で話すわけにもいかないので、ぼくは軽く頭を下げてから諒一郎に背を向けた。とりあえず通路の端で話そうとして、玄関から出ようと足を一歩踏みだした途端――。

『国巳？』

携帯からの健史の呼びかけに、ぼくは応答することができなかった。ドアから出ようとしたところ、いきなり背後から抱きしめられたからだ。力強い腕に引き寄せられ、なにが起こったのか理解できずに、ぼくは携帯を握りしめたまま硬直する。

「先生……?」

「——馬鹿だな、国巳は」

背後から深い吐息とともに耳もとに囁かれて、「え?」と首をねじる。

「俺はなにもそんなに悲壮な覚悟で、『誰ともつきあわない』なんていったんじゃないよ。おまえはもしかしたら、そういうことで俺がおまえを中途半端に縛りつけてるとは考えないのか?」

どういう意味——。

背中にかさなる体温と、力強く回された腕の力にぼんやりとしながら、ぼくは『どうしたんだよ、国巳』という携帯からの健史の声を聞いていた。

なにも応えられないまま、諒一郎と目が合った。諒一郎が耳にあてていた携帯を取り上げるように手をかさねてきたので、ぼくはようやく健史に「ごめん……ちょっと行けなくなった」と告げる。『おい、国巳?』とあわてた声に、「ごめん。あとでちゃんと説明するから」と口にするのが精一杯だった。

電話を切ってから、あらためて背後の諒一郎を見やる。諒一郎は少し苦い顔つきで微笑んでいた。

「国巳、おまえはずっと勘違いしてる。俺がいま、いつも考えてるのは、おまえのことだよ。おまえのことでしか悩んでない」

「…………」

諒一郎がいったいなにをいおうとしているのか、ぼくはわからなかった。わかりたくなかった。期待して、またもしかしたらと望みをもってしまうのが怖かったから。

だから、ぼくは惚《ほう》けたように黙ったまま、諒一郎を見つめた。

なにか一言でもいったら、あふれてしまうものがあった。先ほどから唇を何度も震わせたもの。

これは夢かもしれない。叶うわけがないからって、ぼくはようやくあきらめるつもりで……。

瞬きひとつできずに、ただ目の周りが再びじわじわと限界まで熱くなってくるのを感じていた。

諒一郎は嘆息して、ぼくの額に口づけた。夢かもしれないのに、ぬくもりが感じられることに驚いて目を瞠る。

「――負けたよ」

耳の奥をくすぐる囁きを聞いても、ぼくはまだ茫然としていた。なにも言葉がでない代わりに、頰にあたたかいものが伝わった。

嗚咽《おえつ》が洩れそうになる唇を、諒一郎がなだめるように指でそっとなぞる。

「おまえには負けた。降参だよ」

抱きしめられたまま部屋に入って、ソファにかさなりあって倒れた。言葉を発しようとする前に、諒一郎が覆いかぶさってきて、唇をふさいだ。

とろとろと——頭の中身が溶けてしまいそうなキス。なにかいおうとするたびに、さらに深く唇が合わせられる。いったん離れて、もう一度顔を近づけてこようとする諒一郎を、ぼくは押しとどめた。

「先生……俺のこと、ちゃんと好きっていってください」

諒一郎はうろんげな顔をしながら、ゆっくりと上体を離した。

「——好きだよ」

真正面からいわれると、ドキリとする。

「好きだ、好きだ、好きだ……これでいいか？」

続けて悪戯《いたずら》っぽく耳もとにくりかえされて、ぼくはくすぐったくて身じろぎした。

「俺はおまえを好きじゃなかったことなんて、いままでにいっときだってないんだよ。いったら、スッキリしたな」

「なんで……気が変わったんですか？　優先順位を変えるつもりはないっていったじゃない

ですか」

「――呪いをといてほしかったのかな」

とぼけたようにいってから、諒一郎はあやすようにぼくの頭をなでた。

「ほんとのことをいうと、おまえに『死んだと思って忘れる』っていわれたのが、かなりこたえてたんだ。おまえのなかで俺が無かったことにされてしまうなら、優先順位もなにもない」

「先生は立花さんのこと……」

「おまえがしつこく誤解してるから、何度でもいうけど、俺は立花のことはもうなにも感じないんだ。おまえを受け入れられなかった理由は立花が問題じゃない。俺の頭のなかには、もうずっと前からおまえしかいないんだよ。おまえのためなのに、どうしてそれが伝わらないのか、こんなに大切にしているのに――そう思って歯がゆいぐらいだった。それに……」

「先生……？」

諒一郎はぼくの首すじに顔をうずめ、匂いを吸い込むように深呼吸すると、そのまま動かなくなった。

やがてかすれた声で囁く。

「おまえが俺を好きだといってくれても、いいときはどうせ長くは続かない。おまえもいつか俺から離れていくのかもしれない。俺はそれが怖かった――」

思ってもみないことをいわれて、ぼくは仰天した。

「お、俺はそんなことしません。なんで先生がそんなことをいうのかわからない。ありえないのに」

「——それは俺が、おまえじゃないからだよ」

諒一郎は一瞬だけ泣き笑いのような表情を見せた。

「俺はきっと、おまえよりも薄情なんだろうな。だから、最悪のケースをいつも考えてる。おまえの考える最悪は、いつも俺よりもずっとやさしい。これはいくら説明しても、わからないかもしれないな。だけど、俺は……おまえには、そんなことはわからないままでいてほしいんだよ。できれば、ずっと——俺が守ってやるから」

かすかに震えるような声を聞いて胸が詰まった。諒一郎は「ありがとう」とぼくの眦《まなじり》をそっとなでる。

「な……なんで御礼なんかいうんですか」

「俺を好きでいてくれただろう？　俺はもうおまえのものだよ。おまえはもしかしたらもっとほかにいい相手がいるのかもしれない。そういう相手が見つかったら、ほかに行けばいい。だけど、俺にはもうおまえだけだ。俺はおまえに決めてしまったから、おまえは好きなようにしてくれ。三日で飽きて捨ててくれてもかまわない」

なにを馬鹿なことをいってるんだ、といいたいのにすぐには声がでなかった。冗談めかしているけれども、諒一郎が本気でそう考えているのが伝わってきたから。

「先生は……」

先ほど諒一郎に誰かいいひとができたら――と想像したときと同じ痛みが、胸に鋭く突き刺さっていた。

「先生はいつも自分だけに先が見えるみたいなことをいう。だけど、俺にだって見える。先生は俺のそばにいるんです。ずっと、ずっと、ずっと――」

必死になって声を搾《しぼ》りだすと、諒一郎はやわらかい笑顔を見せた。

「そうだな。おまえがそういうなら、そうなのかもな。――信じるよ」

再びこみ上げてくるものがあって、ぼくは唇をゆがめた。

諒一郎は眦に滲《にじ》んだぼくの涙を拭《ぬぐ》いながら、「国巳」とくりかえし呼んで、頬や目許にキスをくりかえした。

胸にかすかに疼《うず》いたものが、唇から伝わる熱によって蕩《とろ》けていく。相手の呼吸が自分のそれに溶け合うくらい、ぴったりとくっついて、ひとつになっているような感覚。唇を離されたときには思わず甘いためいきが洩れた。

「――呪いはとけたよ」

諒一郎はぼくと目を合わせると、少し悪戯っぽい表情を見せた。

続いて、首すじに唇を押しあてられた途端、心臓がドクンと痛いくらいに高鳴った。全身の体温が上昇して、熱病でも発症したみたいに息苦しくなる。

「――どうした？」

「あ……いえ」

ぼくは逃げるように目をそらした。このままの体勢でいたら、からだが意思とは関係なく勝手にかなりまずい反応をしてしまいそうだった。

諒一郎はしばらくぼくの顔をさぐるように覗き込んでいたが、やがて静かにからだを起こした。

ぼくが落ち着かない様子だったからいったん離れてくれただけだと思っていたが、そのままソファから立ち上がると、時計を確認する。

「もうだいぶ遅いな。……送っていこうか」

「え？」

「あんまり遅くなると、マズイだろ」

思わぬ展開に、ぼくは愕然《がくぜん》とした。

「ちょ……ちょっと待って。先生。俺、帰らなくちゃいけないの？　いま？」

「ここに泊まっていくつもりなのか？」

ズバリと訊かれると、「はい」とは答えにくかった。

「だって……俺、母さんに今日は健史の部屋に泊まるっていってきちゃったんだよ。健史のうちには行かないってさっきいっちゃったし」

「予定を変更して帰ったとしても、なにもいわれないだろ」

「そりゃそうだけど……」

このままぼくが帰っても平気なのだろうか。いまいち真意を汲《く》み取れなくて、ぼくは恨めしげに諒一郎を見上げた。

「だけど……俺、今日はもうちょっと先生と話したいし、そばにいたいし……せ、せっかく好きっていってもらったのに、恋人らしいこと……」

ぼくの反応を見越してわざと意地悪をされているのではないかと思ったが、諒一郎はからかっているつもりは微塵もないようだった。

「じゃあ、風呂わかそうか。俺はもう入ったあとだから。パジャマは俺のを貸すから。なんでもいいよな。贅沢《ぜいたく》いうなよ」

風呂の用意をするために、諒一郎はリビングを出ていく。その後ろ姿から甘い雰囲気は消えていて、保護者のような態度だった。

ちゃんとキスはした。気持ちも通じあってるはずだけど、「泊まる」といった意味がちゃんと伝わっているのだろうか……。

不安になってあれこれ考えているうちに、諒一郎がパジャマを用意して戻ってきた。

「国巳？　風呂もう入れるから、用意して――」

「先生、俺……俺……」

自分でも何をいいだすかわからないままに、ぼくは諒一郎の腕をつかんだ。諒一郎は不思議そうにぼくを見て、笑いながらその手を引きはがした。

「——わかってるよ。恋人らしいことするんだろ？　早く風呂に行ってこい」


風呂から上がって寝室に入ると、諒一郎は本を読みながらベッドに横たわっていた。その姿を見ただけで頬が火照《ほて》ってしまい、ぼくはどうしたらいいのかわからなくなった。

諒一郎はすぐに身を起こし、「おいで」と立ちつくしているぼくを手招きした。

「ちゃんとあったまってきたか？　少し熱いぐらいだったろ」

「あ……うん」

ぼくの手を引いてベッドに座らせると、諒一郎は肩を寄せてきてゆっくりと髪をなでた。

「髪、生乾きだな」

「一応ドライヤーかけたけど……」

落ち着かなくて、時間をかけずに出てきてしまったのだ。あまり待たせるのもいけないのかと思って……。

「焦らなくてもいいのに」

諒一郎はおかしそうに笑って、ぼくの髪を引っ張った。次には「歯はちゃんと磨いたのか」とでも訊かれそうで、全然色っぽい雰囲気ではない。

「まだここらへん湿ってるよ」

ふいに髪をかきわけながら耳もとにキスされたので、脈拍が一気に速まった。

「……やっぱり熱かったんだろ？　足、赤くなってるな」

諒一郎はぼくのパジャマのズボンの裾をめくって、足を指さきから脛《すね》へとなで上げる。たしかに肌は熱で染まっていた。火照った部分をマッサージするようにしながら、首すじに唇を這《は》わせる。

「あったかいな、すごく」

諒一郎はキスをくりかえしたあと、そのまま体重をかけてきながら、ぼくをベッドに横たえさせる。パジャマのボタンを外されて……。

もしかしたら、先ほどの保護者然とした態度から、一緒に寝てもなにもしないのではないかと思っていたが、その心配は無用のようだった。

しかし、ことがスムーズに運べば運ぶほど、心の準備が間に合わなくて焦る。

「先生……俺、ちょっと恥ずかしいんだけど……電気……」

「ああ――」

諒一郎は部屋の電気を消すと、枕元のライトをつけた。薄暗くなっても、目が合うと、やっぱり照れてしまう。

諒一郎がぼくを見る目は相変わらずやさしい。だけど、蕩《とろ》けてしまいそうな瞳のなかに、少しだけ張りつめたものがある。怖いような、だけど惹きつけられずにはいられない――熱を含んだ眼差し。

「国巳」

低く呼ぶ声が、知らない男のもののように聞こえた。かすれて、せつない飢餓感を訴える声。

こんな諒一郎の声は知らない。だけど、諒一郎だ――と思うと、ぼくはわけもわからずに真っ赤になった。

「なんで目をそらすんだよ」

「だ、だって……なんか恥ずかしい……いつもの先生じゃないみたいで」

「国巳が恋人らしいことしたいっていったんだろ？　俺はお兄ちゃん役のままでも一生我慢しようと思ってたのに」

「そ、そうだけど」

「子ども扱いしないで、ちゃんと恋人として抱くから……怖いんだったら、今夜はやめよう。どうする？　いまからでも家に送っていくから」

先ほど諒一郎がやけにあっさりと「送っていく」といっていたのは、ぼくが怯む可能性をすでに予知していたのだと思い当たる。そこまで見越されていたのかと思うと、なんとなく癪《しゃく》だった。

「や……やる。大丈夫」

色気のない返答に小さく笑ってから、諒一郎はぼくの頭をかきいだくようにして「怖くないから」と囁く。

普段、意地悪くからかわれているだけに、いつになく甘い声を聞いただけで、さらに体温が上がってしまう。

「先生は……俺のこと……いつから、そういうふうに……」

「いつからだろうな」

諒一郎はぼくのパジャマを脱がすと、自分も手早く脱いで、からだをかさねてきた。ぼくの額から髪をなであげる。

「さっきいっただろ？　国巳を好きじゃなかったことはないよ」

「だって、そしたら、俺が子どもの頃はどう思ってたの？」

さすがに諒一郎は小さく噴きだした。

「子どものときは違う意味で好きだったよ」

「じゃあ、いつから、そういう意味で意識してくれてたんですか？　俺、全然わからないんだけど……」

「たぶん国巳が想像するよりも、ずっと前からだよ」

もう黙れ、といいたげに、諒一郎はぼくの唇にキスをした。

「あ……んっ」

いきなり諒一郎がぼくの胸に頬をすりつけてきたので、質問どころではなくなってしまった。

胸の小さな突起をつままれて、やさしくこねられる。ちゅっと吸われて、舌先でつつくように舐《な》めまわされて、下腹のものがすぐに勃起《ぼっき》してしまった。つかまれて、やんわりとこすられる。

まるで甘いものでも舐めているみたいに、乳首を執拗《しつよう》に口に含まれて……。

「や……先生、そこばっかり吸っちゃ……」

「――いや?」

いやなわけじゃない。ただ、気持ちがよくて、諒一郎の手に握られているものが弾《はじ》けてしまいそうだから。

諒一郎は胸から腹へと舌を丹念に這わせては、また上にのぼってきた。なんとか感覚をまぎらわそうとしたけれども、腰に甘ったるい疼きがたまっていく。

「……俺、もう……ちょっと駄目……」

「怖いことはしてないだろ？　かわいいから、舐めさせて」

「や……ちょ……りょ、諒ちゃんっ」

ついつい『諒ちゃん』と子どもの頃と同じように呼んでしまい、ぼくはカーッと赤くなった。諒一郎が笑いながら睨みつけてくる。

「甘えん坊の声で『諒ちゃん』って呼ぶな」

「あ、甘えてない」

「嘘だよ。いいよ。好きなように呼べば。諒ちゃんでも諒一郎でも」

しつこく胸のあたりにキスをくりかえされ、尖《とが》った乳首の先をくりかえし強く舌先で押されて、ぼくは泣きそうになった。

「——あっ」

乳首を甘嚙みされて——からだがビクッとなった瞬間に、諒一郎の手に握られていたものがあっけなく爆《は》ぜてしまった。

諒一郎は啞然《あぜん》としたように、ぼくの白濁したもので濡《ぬ》れた手のひらを見た。

「だ、だからいったのに……俺、我慢できないって」

「感じやすいんだな。いいよ、我慢しなくても」

諒一郎は涙目になっているぼくの目許にキスをした。早く達してしまったことがひたすら恥ずかしい。

「俺ばっかりみっともないとこ見せて……」

「大丈夫だよ。俺だってみっともないことになってるから」

諒一郎は囁くと、太腿《ふともも》のあたりに硬くなっているものを押しつけてきた。相手もちゃんと興奮していることがわかってうれしかったが、顔から火がでそうになった。

諒一郎は顔を下げていって、再びぼくの乳首に口をつけた。もうさんざん弄《いじ》られていて、尖った先が痛いほどだった。いったん放出したぼくのそれを、さらに頭を下げていって、口のなかに含む。

「あ……や……」

諒一郎はぼくの腰をなでまわしながら、腿《もも》の内側を舐めたり吸ったりした。

ぼくが足を閉じようとしたり、腰を引こうとするたびに押さえつけられて、さらにからだを開かされる。ひくついてる先端に、息がかかるだけで、新たな刺激になった。

「……やだ、俺、また……」

「いいよ、出して。飲んでやるから」

さらりといってくれるけれども、恥ずかしくてたまらなかった。

「や、やだ……」

「なんで」

乱れた髪のあいだから見上げてくる諒一郎の目は、潤んだ熱を帯びている。

「だって、口が汚れるし……」

「俺はおまえのもので汚いと感じるものはひとつもないんだけどな」

諒一郎は上体を起こすと、ぼくの足を開かせた状態で覆いかぶさってきた。

唇にキスをする。さっきまでぼくのものを舐めていた口だと思うと、最初は抵抗があったけれども、舌を吸われているうちにそんなことはどうでもよくなった。

硬いものが、ちょうどぼくのものに当たった。ゴリゴリとあたる感触が生々しい。硬くなっているものがこすれあうように、腰を動かされた。

ベッドが揺れるリズムに合わせて、荒い息がぼくのこめかみや頬にかかる。

「あ……あっ……」

「国巳――」

諒一郎は目を半ば伏せて、唇からこらえるように荒くなった息を吐いていた。男らしく、繊細な目許が震えているのを見ているうちに、ぼくはまたすぐにも達してしまいそうだった。

「……先生、入れないの？」

諒一郎が「え？」と目を見開いた。

「俺、また出ちゃいそうなんだけど……いま、入れてくれなかったら……」

恥ずかしさをこらえて訴えると、諒一郎は驚いたようだった。

「入れるのか？」

「え……入れないの？」

「それはいきなり――だって、無理だろう」

「で、でも俺、ちゃんとしたい……先生と最後まで」

たしかにあんなものがあんなところに入るのだろうかと、その行為を想像しただけでは到底気持ちよさそうとは思えなかったけれども、ぼくはとにかく諒一郎とからだをつなげてみたかった。

諒一郎は困惑したように口許を押さえた。

「――ちょっと待って」

いったんベッドから下りて部屋を出ていく。再び戻ってくると、諒一郎はすばやくおおいかぶさってきて、少し息を乱しながらぼくの唇をきつく吸った。荒々しいしぐさに、怒らせたのだろうかと心配になったほどだ。

「先生……怒ってるの？」

「怒ってなんかいないよ。ただ憎らしいなと思って。こっちがいくら我慢してたって、おまえはその努力をあっけなく無にしてくれるんだからな。まいるよ」

諒一郎は苦い笑いを浮かべると、ぼくの足を広げて、腰の後ろに手を差し入れる。クリームみたいなものを塗っているらしかった。窄《すぼ》まりをつつかれ、指が中に入ってくるのがわかる。

「あ……や……」

「いやがるだろうと思ったから、しないでおこうと思ったのに。慣らさないと無理だから、じっとしてろ」

たしかにその作業は歓迎できるようなものではなかったのだけれども……。

「――気持ち悪い？」

諒一郎は心配そうにぼくの顔を覗き込んだ。

「大丈夫……」

深く差し込んだ指で、ゆっくりと慎重に広げていく。身じろぎしてそりかえった胸の先を吸われて、ぼくはたまらずに喘《あえ》ぐ。

諒一郎は指で充分に慣らすと、腰を浮かせるようにして、自らのものをその部分に押し当てた。

「あ――」

狭い粘膜を押し広げるようにして、硬いものが入ってくる。ものすごい圧迫感に、予想していなかった声がでる。いったん腰を引いたり、またゆっくりと進めて――という感じで、諒一郎はぼくのなかに雄身を収めた。

すぐにずるりと中の大きいものが動いて、腰を引かれそうになった。せめて呼吸を整える時間がほしかった。

「ま、待って……ちょっと」

諒一郎はぼくのなかに深く入り込んだまま、頭をなでる。

「つらいか？　国巳？」

「……ううん……」

「国巳……」

唇にキスをくりかえされる。唇だけではなく、瞼《まぶた》や頬や鼻先も含めて顔中に、頭ごと食べられてしまいそうなキス。

諒一郎がぼくのなかにいると思うと、興奮を通り越して、じんわりと目許が熱くなるものがあった。

「平気？　動いても」

耳もとに吹き込まれた切羽詰まった囁きに、「だ、駄目……」と訴えると、諒一郎は顔をゆがませたまま笑った。

「ほんとに憎らしいやつだな」

「だ、だって、さすがに……」

「怖い？」

怖くはなかったけれども、先ほどから泣きだしてしまいそうな興奮と緊張状態が続いていて、いま、これ以上の刺激が加わったら、胸が高鳴りすぎて破れてしまいそうだった。

「大丈夫。怖くないから……」

なだめるような、やわらかいキスにぼんやりとしているうちに、ゆっくりと腰が前後に動かされる。「あ」と洩れた声もキスで吸い取られた。

「怖かったら、俺にしがみついてればいいから。な——？」

諒一郎はぼくの腕を自分の首にからませる。

からだがより密着するかたちになって、先ほどよりも安心して呼吸することができた。

「まだ怖い？」

「ううん……」

「かわいいな、国巳は……」

諒一郎はぼくの折り曲げた両足をかかえるようにして、「ほんとにかわいい」と囁きながらからだを揺さぶりはじめた。

つなげられた部分が熱く、蕩けてしまいそうだった。遠慮がちだったその動きが、徐々に荒々しくなっていく。

「諒ちゃん、あ……も……」

首にぎゅっと抱きつくと、諒一郎はさらに深くぼくのなかに入り込んできた。満足そうな吐息とともに、中のものがいっそう大きくなる。

ぼくはもう甘ったれと思われるのがいやだという気持ちも吹き飛んで、からだのなかで諒

一郎が動くたびに「諒ちゃん諒ちゃん」と甘い息を吐いた。

「諒ちゃん……やだ、も……」

諒一郎はその甘ったれた声をキスで封じながら、さらに荒々しい猛《たけ》りを打ち込んだ。つながっているそこだけが熱く、神経が集中していて、ほかの部位にはまったく力が入らなくなる。

「――国巳……」

諒一郎は容赦なくぼくを押さえつけて、深いところまで入ってくる。唇から洩れる忙しい息遣いに、ぼくも同調したように喘いだ。まるで溺《おぼ》れかけて、必死に水面《みなも》に顔を出しているみたいに。そうしなければ、すべてを飲み込まれてしまいそうだった。

自らの内奥で、いままでにない高い波が突き上げてくる瞬間――。

「国巳」

我を忘れて、ものすごい声を上げてしまった。跳ね上がったからだを押さえつけるようにして、諒一郎のものがよりいっそう深くぼくを貫く。熱情が迸る《ほとばし》刹那《せつな》――呼吸も、心臓の鼓動もひとつに混じりあってしまったように感じられた。

「国巳……」

ぼくの顔を覗き込む諒一郎と目が合った途端、電灯のスイッチが切れるように意識がふっと昏《くら》くなった。

少しうつらうつらとしてから、目が覚めた。

ベッドサイドの灯りも消えていて、部屋は真っ暗だった。まだ抱かれているときの浮遊感が続いていて、ぼんやりしていた。喉に渇きを感じて、起き上がる。

「——どこに行く？」

いきなり腕をつかまれて、ぎょっとする。

諒一郎はむくりと起き上がって、枕元のライトをつけた。ずっと起きていたのか、いま目を覚ましたとは思えない、冴《さ》えた表情だった。

「喉渇いたから、水を……」

「俺がとってくるよ」

「え……いいよ」

「立てないだろ？」

諒一郎がすばやくベッドを出て行くのを見送ってから、ぼくは「立てないだろ」といわれた意味を実感する。まったく無理なわけじゃないけれど、腰のあたりに満足に力が入らなかった。

ほどなく諒一郎が水の入ったグラスを持ってきて、「はい」と手渡してくれる。腰のだるさのせいで、先ほど眠りに落ちる前の記憶が甦ってきて、ぼくはまっすぐに目を合わせることができなかった。

「先生、ずっと起きてたんですか？」

「いや――」

眠っていたとは思えないのになぜか否定したあと、諒一郎は少し意地悪い顔を見せた。

「また呼び方が変わってる。もう『諒ちゃん』って呼ばないのか」

「だって、甘えてるっていうから」

「呼ぶなとはいってないよ。こっちは『諒ちゃん』なんていわれてしがみつかれたら、たまらないんだけどな。興奮しすぎてどうなるかと思った」

つい先ほどまで「諒ちゃん諒ちゃん」と恥ずかしい格好で声を上げていた自分の姿がはっきりと思い起こされて、ぼくは真っ赤になった。

「じゃ、じゃあ……なおさら呼ばない」

「なんで」

「先生が図に乗るからです」

諒一郎は愉快そうに肩を揺らした。そのうちに黙り込んで、穏やかな表情でぼくを見つめる。ゆるやかな眼差しなのに、視線が痛く感じた。

会話がなくなってしまうと、辺りは静寂に満ちた。ライトの薄明かりに照らされてぼんやりとしていると、先ほどまで抱きあっていたことが夢のように思えてくる。やわらかい空気は、ぼくのなかに打ち込まれていたはずの激しい熱を幻のように遠くさせた。

ぼくが眠っているあいだにひとりで起きていて、諒一郎はなにを考えていたのだろうか。また先のことでも考えて心配していたのだろうか。

そして、いま、なにを考えてる——?

「……先生?」

諒一郎ははっとしたように「なんでもない」と笑みを浮かべながら腕を伸ばしてきて、ぼくの頭をくしゃりとなでた。

「おまえはわからないんだろうな。俺がおまえのことをどんなに好きなのか」

「俺だって先生のこと好きですよ。先生なんか、いままで俺を受け入れてくれなかったくせに」

「そうだな。でも、俺のほうがずっと好きなんだよ」

納得がいかずに頬をふくらましているぼくの頭を、諒一郎はゆっくりとなで続けた。やがて後ろから抱きしめられて、はっと息をつめる。気恥ずかしくなって、前に回ってきた腕を照れ隠しに引きはがそうとしたところ、後ろにぐいっと引き寄せられた。

「……先生?」

諒一郎はぼくをきつく抱きしめたまま、耳もとに唇をつけた。腕をほどこうとすると、さらに力を込められる。そのうちにくすぐられて、「やだっ」とわめくはめになった。

「先生、もう……」

諒一郎はようやくくすぐるのをやめて、後ろからすっぽりとぼくを抱え込んだ。ほっと息をついたのも束《つか》の間《ま》、再びぎゅっと抱きしめられて、心臓が飛びだしそうになった。

ぼくはもうその腕をふりほどこうとは思わなかった。伝わってくる体温が熱い。抱きしめてくれる腕の力に酔ったみたいに、動けなくなってしまった。

「おまえは俺に夢を見ないのかと訊いたな。だけど、俺はおまえのことは夢に見るのも怖いくらい……手が届かないと思ってた」

耳に吹き込まれる声はひそやかで、諒一郎の心がそのまま入り込んでくるみたいだった。

「国巳……おまえは俺にアメ玉をもらえなくてもかまわないっていったけど、俺はおまえだけはずっと甘やかしてやりたいんだよ。たとえ俺が空っぽになったとしても……」

子どもの頃、ぼくは諒一郎と仲良くなりたくて、早く大きくなりたかった。もっと愛されたくて——大きくなれば、それが叶うと思ってた。でもいまは……。

ぼくは諒一郎を肩越しに見上げながら微笑んだ。

「先生が空っぽになったら、俺が栄養補給してあげます。先生に——甘さを分けてあげる」

諒一郎は驚いたようにぼくを見ると、薄く笑って目を閉じた。もう一度ぼくの耳もとに唇を寄せてキスをする。

「期待してるよ」

好きで好きで大好きで——自分でも持て余しそうな過剰な想いを、ぼくはあふれるだけあふれさせておく。

それは時間がたつと風化して、やさしい飴色《あめいろ》になって、ぼくたちを包み込んでくれるだろうから。

# スイートビターキャンディ

鏡の前で自分の顔と睨《にら》めっこする。

いつもと代わり映えのない顔。身長は一七〇センチあって平均的だし、決して小柄でもないのだが、大人《おとな》っぽい顔つきでもない。

「おいおい、国巳《くにみ》。どいてくれないか。手を洗いたいんだが」

忙《せわ》しない朝、洗面台のところで背後から父親に「なに洒落《しゃれ》っ気だしてるんだ」とからかわれて、ぼくはそそくさと退散する。最近、外を歩いていても窓に自分の姿が映るたびに気になってしようがない。

背はまだ伸びるかもしれないからいいとして、顔立ちだけはどうにも変えようがない。ふと鏡に向かって大人びた顔つきをしてみるものの、決して憂いを秘めているとはいえず、ためいきを洩《も》らす。

早く大人にならなきゃ――。無理だと思っていたものに、ようやく手が届いたのだから。


「国巳……おまえ、具合でも悪いの?」

学校の帰り道、書店に寄るという健史《たけし》につきあって駅前の通りを歩いていたときだ。大きなショーウィンドーに映った自分の姿に「ふうっ」と何度目かのためいきをついたとき、隣にいた健史に不審な顔をされた。

「え？　なんで？」

「なんか最近、よく変な顔してるだろ？」

ぼくが「どんな顔だよ」と聞き返すと、健史は「それそれ」とひとの顔を指さした。

「わざとそういう妙な顔してるとき、ない？　深刻ぶってるっていうか」

「わざとって……真面目《まじめ》な顔してるだけだろ」

「なんで真面目な顔してんの？　なんか具合悪いのを我慢してるっていうか、表情が不自然にこわばってて超変なんだけど」

——相変わらず容赦のないやつ。

ぼくは「それは……」と説明しかけたものの、口をつぐんだ。

いちいち感情を面《おもて》にだすと子どもっぽく見えるから、なるべく冷静に振る舞うようにしているのだ。目指せクールキャラじゃないけど——こんなことをいったら、また馬鹿《ばか》にされる。

「いつもと変わらないよ。おまえの気のせいだろ」

「——ふうん？」

健史は納得しかねるように眉《まゆ》をひそめたあと、「うーん」としばらく考え込むようにしてから、「お」というように通りの向こうに目を向けた。

「あ、先生だ。……隣にいるの、元彼氏じゃねえ？　ほら、予備校の。なんでこんなとこ歩いてるんだろ」

「――えっ！　どこっ？」

クールキャラ設定も忘れて、ぼくは健史が見ている方向を振り返る。とっさに反応したのは、この大通りに立花靖彦《たちばなやすひこ》が勤めている予備校があるからだ。姿を見かけてもおかしくない。

しかし、通りの向こうには諒一郎《りょういちろう》の姿も、立花の姿もなかった。それらしい二人連れも歩いていない。あわてて健史を見ると、「引っかかった」といわんばかりにニヤニヤしている。

「てめえ……」

「そーんな可愛《かわい》げのない顔ばっかりしてると、先生に嫌われちまうぞ。おまえから可愛げをとったら、なにが残るんだよ」

返答に詰まる。諒一郎にようやく想いが通じたことを報告したときにも、健史はさして驚いた顔も見せず「うわー、しつこい執念が実ったな」といっただけだったから、やさしい言葉などハナから期待していないけれども……。

「いいんだよ。俺は落ち着いた感じの大人を目指してるの。だって、先生の好みのタイプは、ほんとは……」

ぶつぶついいかけたところ、健史が前方を見つめて、「あれ？」という顔つきになった。今度は芝居ではなかった。

「──国巳くん？」

予備校の仕事を終えた帰りなのか、立花靖彦が歩いてくるところだった。日が落ちかけていて、外はむしむししていたが、この男は憎らしいほど涼しげな佇《たたず》まいだった。

「こんにちは。学校の帰り？」

「……こ、こんにちはっ」

いきなりどうやって対応したらいいのかわからずに、ぼくがこわばった声で勢いよく挨拶《あいさつ》をすると、隣にいた健史が笑いをこらえるように口許《くちもと》を手で押さえるのが見えた。てめえ、あとで覚えてろ──とぼくはキッと健史を睨みつける。

立花はそんなやりとりも微笑《ほほえ》ましいとばかりに薄い唇をつりあげた。

「元気そうだね。すっかりご無沙汰《ぶさた》してるけど」

「は、はあ……」

ご無沙汰もなにも、べつにあんたとは二度と顔を合わせなくたって、おかしくないだろ──と心のなかで思っても、口にはだせない。

諒一郎と立花がいまも友人として連絡をとりあってるのか、ぼくは知らない。ぼくと諒一郎が恋人としてつきあいはじめたということも知っているのか、知らないのか。どちらにしても、こんなふうに親しげに声をかけてくる立花の心理が理解不能だった。

「──まあ、頑張って」

ぼくが黙り込んでいたせいか、立花は早々に去っていこうとする。なにを頑張るというのか。とっさに、このひとはぼくと諒一郎の関係が変化したことを知っていると察した。諒一郎が告げたのだろうか。だとしたら、ぼくがなにもいわないのも悪いような気がして。

「あ、あのっ——」

ぼくが呼び止めると、立花は「ん？」と足を止めて振り返る。

「俺、先生といまつきあってるんです。先生は、俺にちゃんと応《こた》えてくれました。だから……」

「うん——そうなんだろうね。このあいだ電話したときに、きっぱりと『友人としてでも、もう電話しないでくれ』っていわれたから。恨み節って感じでもなく、やけに落ち着いた声だったから、いいことがあったんだろうなって思ったよ」

「——」

だまってるのはフェアじゃないと告げたつもりだったが、わざわざ「うまくいった」と告げるなんて、単に嫌味なことをしただけに思えてきた。

「気にしなくてもいいよ。それを聞いて、ぼくも踏ん切りがついたから。今日も新しい相手とこれから会うところなんだ」

「……え？」

ぼくは目を丸くした。新しい相手？　立花は諒一郎のことを本気で好きだと思っていたのに――そりゃ誰とつきあおうと自由だけど、いくらなんでも変わり身が早すぎないか。

「あなた、先生が好きだったんじゃないんですか？　このあいだ、俺にあんなにきっぱりと長期戦だって……すぐに成果が出なくてもいいって」

「好きだよ。でも、佐伯《さえき》はもうきみのものだろう？」

啞然《あぜん》とするぼくを見て、立花は肩をすくめてみせた。

「佐伯がきみに手を出したんだったら、相当の覚悟だろうからね。ぼくの出番がくることも当分ないだろうし。でも、きみにもしものことがあったりして、佐伯がひとりになったときには、新しい相手を捨てて駆けつけてやろうというぐらいには好きだよ」

「…………」

言葉の意味を咀嚼《そしゃく》しているうちに、ぼくの眉間《みけん》に皺《しわ》が寄っていく。

「きみには理解できないだろうけど」

――わからない。まったく。ひとかけらも。

しかめっ面《つら》になるぼくを残して、「じゃあね」と立花は優雅に去っていった。その後ろ姿を見て、なんともいいようのない敗北感に襲われる。

「……な……なんかよくわからないけど、俺、負けてる？」

健史が「大丈夫、勝ってる勝ってる」とぼくの肩を叩《たた》く。

「あれは、単に負けキャラに見えないタイプ。おまえは勝ってるのに、負けキャラに見えるタイプ。その違い」

慰めてくれてるのか、よけいに落ち込ませてくれているのかわからない台詞《せりふ》を聞きながら、ぼくは全身の力が抜けていくのを感じた。


割り切れないものを覚えながら家に帰り着いたものの、玄関にある靴を見た途端、気分が一気に浮上した。

「先生、きてるの？」

ダイニングに入ると、すでに夕飯の支度ができていて、諒一郎がテーブルの席についていた。母親がキッとぼくを睨みつける。

「なあに？　挨拶もしないで。ここに入る前に、ちゃんと手を洗って着替えてらっしゃい」

「はーい……ただいま。先生、こんばんは」

他人行儀とは思いつつも、ぼくはテーブルの諒一郎にぺこりと頭を下げる。諒一郎は「おう、おかえり」と笑いながら手を上げた。

階段をのぼりながら、心臓が高鳴るのを止められなかった。今週は土曜日まで会えないと思っていたのに、思いがけず会えた。立花とのやりとりでもやもやしていたこともどうでもよくなってしまった。

おそらく離れに置いてある本をとりにきたところを母親につかまって「夕飯食べていきなさい」と引き止められたのだろう。あとで勉強を教えてもらうといって、部屋にきてもらおう。そうしてふたりきりになったら——。

期待に胸を膨らませながら着替えて階下におりると、母親の甲高い笑い声が聞こえてきた。

「……でね、国巳ったら、最近鏡ばっかり見てるのよ。あと、真面目な顔して、お父さんに『身長が一番伸びたのいつだった？』って質問してるの。お父さんが『高校生のうちは伸びるぞ。大学になっても伸びたやつもいるし』って答えたら、満足そうな笑みを見せたって。いままで洒落っ気なかったのに、いきなりどうしたのかしらね。あと、物思いに耽《ふけ》るみたいに難しい顔してたりしてね。キメ顔の研究でもしてるのかしらって——あ、あら、国巳、手は？　ちゃんと洗ってきた？　うがいもした？」

ダイニングの入口で立ちつくしているぼくを振り返って、母親は邪気のない笑顔を見せる。ぼくの口許がひくひくと引きつったのはいうまでもない。諒一郎の目が笑っている。

「母さん、先生によけいなこといわないでくれよ」

「いいじゃない。余所《よそ》ではいわないわよ。諒一郎くんだもの。お兄ちゃんみたいなものじゃない」

「全然よくないよ」

声を荒げた途端、諒一郎が「——国巳」とたしなめる。

「大声ださない。駄目だろ、お母さんにそんな態度とっちゃ」

「だって、いつもこの調子でぺらぺらと……」

「大声だす必要はないだろ」

納得いかなかったものの、静かな迫力におされてしまい、ぼくは渋々「はい……ごめんなさい」と謝るしかなかった。

諒一郎はしようがないなというふうにぼくを見てから、母親に笑いかけた。

「自分のことを話題にされるのがいやな年頃だから、おばさんもかまわないでほっとくといいですよ」

「わかってるけど……怒ることないじゃない。まあまあ、それにしても諒一郎くんがいると、国巳が素直になって助かるわ。わたしやお父さんの前よりも、素直なんだから。一時期は諒一郎くんにも反抗期だったけど、いつのまにか終わったみたいね」

「俺も時々嚙《か》みつかれますよ」

「それでも、国巳はお兄ちゃん子だもの。さっきも『先生、きてるの？』ってすぐに駆け込んできて。まったく犬の子みたい」

母親がくすくすと楽しそうに笑うさまを、ぼくはじろりと睨んだ。せっかく大人っぽくなろうとしているのに、諒一郎の前でそんな子ども扱いしなくてもいいのに……。

諒一郎もさぞかしおかしそうに笑っているだろうと思いきや、どこか居心地の悪そうな顔をしていた。「あれ？」とぼくは首をかしげる。

その後、食事中も母親はやめてくれというのにぼくのくだらない話をずっとしゃべり続けていた。諒一郎はおもしろそうに相槌《あいづち》を打っていたものの、時折、目がどこか遠くを彷徨《さまよ》う。

やがて父親が帰ってきて、「諒一郎くん、きてたのか」と話に加わったときにも、表面上はいつもと変わらないが、ふとした瞬間に落ち着かない様子を見せた。

食事がすんだあとも長居をしたくないのか、リビングでお茶を飲みながら、話題が切れるたびに帰るタイミングをさがしているようだった。そうはさせてなるものか、とぼくは先手を打つ。

「先生、勉強教えてくれない？　わからないとこあるんだけど」

「今日？　今日はちょっと……まだ離れで資料をさがさなきゃいけないんだけどな」

「駄目？」

がっかりとうなだれるぼくに、母親が「諒一郎くんだって仕事があるんだから、邪魔しちゃ駄目よ」と注意する。

「……いいよ、少しなら」

諒一郎は仕方ないなと立ち上がった。母親が「もう、国巳はわがままいって」と睨みつけてくる。

希望通りになったものの、決まりが悪くて仕方がなかった。ほんとうに勉強を教えてもらいたいわけではなくて、ふたりきりになりたいという邪《よこしま》な考えがあったからだ。仕事の邪魔をしているといわれれば、いいわけのしようもない。

部屋に入ると、諒一郎は「どれ」とすっかり家庭教師のようなモードになって机の脇《わき》に立つ。いまさら「勉強は口実で、ふたりきりになりたかっただけ」とはいいだせなかった。

ぼくは椅子《いす》に座りながら、とりあえず今日の授業でわかりづらかったところを復習のつもりで教えてもらうことにして教科書を開く。諒一郎は教師の顔つきのまま、ていねいに説明をしてくれた。二人きりになっているのに、まったく態度が崩《くず》れない。勉強を教えてほしいといって部屋にきてもらっているのだから、あたりまえといえばあたりまえだけど……。

「国巳？　あとは――どれ？」

「え……ええと」

ぼくはあわてて教科書をめくったが、さすがにもう嘘《うそ》をつくのがしんどくなった。なんといっていいのかわからないまま諒一郎を見上げる。

「どうした？」

「……先生。ごめん。勉強教えてほしいっていうのはいいわけで、ちょっと一緒にいたかっただけなんだ。忙しいなら、もう離れにいって資料さがししていいから」

諒一郎は目を見開いたあと、軽くぼくを睨みつけて、ためいきをつきながら髪の毛をかきあげた。怒らせただろうか――とぼくはひやひやしながら「ごめんなさい」ともう一度謝る。

諒一郎はふっと笑って、ぼくの頭を教科書で叩いた。

「いいよ。ちゃんと相手してやる時間つくってないからな」

「それは……忙しいときに無理いうつもりはないんだけど、でも……」

気にかけてもらったことがうれしくて頬がゆるみかけたものの、即座に表情を引き締めた。こういうときに笑ったりするから、「犬の子みたいだ」と母親にいわれるのではないだろうか。きっと「かまってかまって」と子どもっぽい空気をだしているに違いない。

「……俺は大丈夫だよ。先生の邪魔する気ないから。ちゃんとお仕事して」

「そうか」

諒一郎はしばらくぼくをじっと見つめていた。なにかいってくれるのかと待っていたが、なにもいわない。やがてその唇が薄い笑いを浮かべる。

「今日の国巳はやけに物わかりのいいことというんだな。どうしたんだ?」

「だって俺、もう子どもじゃないし。先生のこと信じてるし」

脳裏に帰り道で会った立花の表情が浮かんでいた。立花だったら、こういうときにどういう言葉をいうんだろう。

諒一郎は「ふうん」と訝《いぶか》しそうにしながらも、ぼくの頭をよしよしとなでた。

「こ、子ども扱いしないでよ」

「なんで？」

ぼくがいやがるのをわかっているくせに、諒一郎は髪の毛をかきまわす。「もうっ」と手をはねのけると、声をたてて笑いだした。

「ひどい。全然扱いが変わってないじゃないか。俺は先生の恋人なのにっ」

諒一郎は笑いを消すと、「しーっ」と唇に指をあてた。ぼくはあわてて口を押さえる。

「国巳は大人っぽくなろうとしてるのか？　無理しなくてもいいのに」

諒一郎は再び腕を伸ばしてきて、ぼくの頭を軽くぽんと叩く。今度は子どもにするようではなく、ゆったりとしたしぐさで髪をかきわけ、耳もとをなでてくれた。くすぐったい甘さに身をよじる。

「先生……」

そのままキスでもしてくれるのかと思っていたのに、諒一郎は少し困った顔を見せてぼくから手を離した。「あれ？」と拍子抜けする。

諒一郎は目をそらして「そろそろ離れにいかなきゃな」と呟くと、机のそばを離れてドアに向かった。ぼくも椅子から立ち上がる。

「俺も、一緒に行っていい？」

「――いいよ」

母屋ではぼくも迂闊《うかつ》にものをいえないし、諒一郎にベタベタすることもできない。諒一郎もぼくを恋人扱いできないのだろう。でも離れなら……。

母屋を出てから、隠してある鍵《かぎ》を使って離れのドアを開ける。諒一郎の後ろに続いてぼくも中に入った。昼間しめきってあったせいか、室内にはむっとする熱がこもっていた。息苦しいほどだ。

諒一郎が部屋のガラス戸を開けて、空気を入れ替える。網戸越しに夜の庭と母屋の灯《あか》りが見える。窓もカーテンもしめてしまいたいところだけど、そういうわけにもいかない。

「さて、と」

やっとほんとうの意味でふたりきりになれた――とドキドキしていたのに、諒一郎はぼくには見向きもせずに、すぐに本棚に向き直り、資料をさがす作業に没頭してしまった。

先ほど「仕事の邪魔をしない」と宣言したからにはよけいな声をかけるわけにもいかず、ぼくはがっくりとしながら畳の上に横たわる。ひまつぶしに、そばにあった本を開いた。

時々ちらりと諒一郎の様子をうかがうと、ぼくの存在などすっかり忘れているようだった。なんだよ――と不満を洩らしたくなるものの、実際にはいえるわけもない。わがままなんていったら、また子ども扱いされるだけだ。

先ほど諒一郎は「無理しなくてもいいのに」といったけれども、せっかく手に届くところにいるのに、いまだに諒一郎との距離を感じてしまうのはぼくが子どもっぽいせいなのだろうか。ふたりきりになっても、まったく恋人らしいムードにならない。

これはかなり問題なのではないか。諒一郎は平気な顔をしているが、ぼくの悶々《もんもん》とした気持ちはおさまらない。

具体的にいうと、最初に抱きあった夜から、まだ二度目をしてもらっていないのだ。そういう行為ばかりをしたいわけじゃないけれど、あまりにも以前となにも変わらなさすぎて、ついつい自分でも想いが叶ったことさえ忘れてしまいそうになる。

あれ？　ぼくはまだ諒一郎に片想い中なんだっけ？　弟みたいに子ども扱いされているままなんだっけ？——とか。

ぼくがマンションに遊びにいこうとすると「忙しいから」とことわられてしまうし、諒一郎のほうが母屋に夕飯を食べにくるというかたちで会うことが多いのだが、ふたりきりになるのを避けられているように思える。

おかげで顔を見ても、なんとなく遠い。好きだっていってもらったはずなのに、どうしてなんだろう。

ぼんやりと考え込んでいるうちにぼくは天井を仰ぎながら、無意識のうちに両腕を伸ばしていた。まだ届かない——そんなふうに考えながら、宙を抱きしめていた頃みたいに。

「——国巳？」

いきなり声をかけられて、はっとした。横を見ると、諒一郎が不思議そうにしていた。

「また宇宙と交信してるのか」

「……や、やだな。なにいってんですか。ちょっと腕を伸ばしてただけ。肩が凝ってて」

ぼくはしどろもどろに答えて起き上がる。どうして恥ずかしいことをしているときだけこっちを見てるんだ、と恨めしく思いながら。

その恨み言が通じたみたいに諒一郎はおかしそうに笑うと、ぼくの隣に腰を下ろした。

「どれ？」

肩に手を伸ばしてきて、ゆっくりと揉《も》んでくれる。そんなに凝ってもいないのだが、ぼくはされるままになるしかなかった。

手はだしてこないのに、こういうスキンシップは無造作にしてくるから心臓に悪い。接触を待ち望んでいたくせに、ぼくもいざふれられるとガチガチになってしまう。あわててなにかいわなきゃ、と気持ちばかりが焦って……。

「先生、目当てのものは見つかったの？」

「見つかった」

「じゃ……もう帰ったほうがいいよね。忙しいんだから」

なぜ意に反して、自分で終わりにするようなことをいってしまうのか。取り消したいと思っても、口にしたあとでは遅かった。

諒一郎は少しの間のあと「そうだな」と応《こた》えると、手を離して立ち上がった。最後に少しくらい抱きしめてくれるのかと思っていたのに、期待がはずれたことに落胆する。

いや、そういうことばっかり考えてるわけじゃないんだけど……。

諒一郎は目当ての本を脇にかかえると、窓とカーテンを閉めて帰り支度をはじめる。せっかくふたりきりになっても、なにも収穫がなかったことに意気消沈して、ぼくは再びふて寝するように畳に寝転がった。なんて情けない。自分から「帰ったほうがいい」なんていってしまったことも、いままでどおりで変わらない諒一郎の態度も含めて――なにもかもが思い通りにいかなくて腹立たしい。

「――国巳？　帰るんじゃないのか」

「いい。俺はもう少しここにいるから。読みたい本もあるし」

先ほどめくっていた本をいいわけにして手にとると、ぼくは畳の上を回転して、諒一郎に背を向けた。

「そうか？　じゃあ先に行くな」

なにも期待はしていなかったけれど、あっさりとそう返されて、ぼくはなおさら意固地にならざるをえなかった。なんだよ、諒一郎なんて、ぼくのことをまだ弟みたいに扱ってるだけじゃないか……。

「国巳」

ふいに脇に諒一郎が膝《ひざ》をついて、ぼくの肩をつかんだ。身をかがめて、顔が近づいてきたと思って息を呑《の》んだ瞬間に、目許にキスをされた。「え」とびっくりして、目を見開いたと

ころ、笑いかける瞳《ひとみ》と視線がぶつかった。続いて、軽くチュッと唇を合わせられる。

「——おやすみ」

諒一郎がそういって立ち上がるのを、ぼくは声もだせないままに見つめていた。一拍遅れて、どっと汗が噴きでて、顔が真っ赤になるのがわかる。部屋を出ていって、玄関に向かう背中にようやく叫び返した。

「……お、おやすみなさいっ」

諒一郎は振り向いて笑って片手を上げると、ドアを開けて出ていってしまった。

ぼくはすぐには起き上がることもできずに畳の上を意味もなくごろごろと転がった。胸が同じようにくるくる回転している。

よかった、弟扱いされてるわけじゃなかった。ちゃんとキスしてくれた。

やっとのことで起き上がったものの、先ほどの唇の感触を反芻《はんすう》してしまい、頭のなかがパンクしそうになってうつむく。

「諒ちゃん、ズルイよ……」

軽くキスされただけなのに、ぼくは今夜まともに眠れそうもない。

「そりゃ後悔してるんじゃないの？」

久々に学校帰りに健史のうちに遊びにいったところ、おばさんが美味《おい》しいアップルパイをごちそうしてくれた。「ごゆっくりねー」とおばさんがニコニコしながら部屋を出ていったあと、いきなり健史は厳しい顔つきで意見してきた。

「先生は国巳に手をだしたこと。だからなにもしない。キスだけでお茶を濁してる」

アップルパイを喉《のど》に詰まらせそうになって、ぼくはあわてて紅茶で流し込む。

「なんでそうなるんだよ？　意地が悪いことというなよ」

「だってそうだろ？　普通に考えて」

ぼくは健史に対して、積極的に諒一郎とのことを話したいと思っているわけではない。しかし、結果的にいつもそうなる。たとえば今日も、「おまえ、なんかいつもと違ってにやけてない？」と表情の変化を指摘されて、キスしてもらったことを白状させられたのだ。「先生と国巳がどうにかなってるところなんて想像したくもない」といっているわりに、健史は話を聞いているときはけっこう楽しそうだ。

「国巳がそんなふうに『かまって』ってオーラだしてるのに、キスだけさっとして終わりにするなんておかしいじゃないか。まだつきあいはじめて数週間だろ？　ほんとに好きだったら、もっとベタベタするんじゃねえ？」

「でも、俺はそんなに甘えてない。ほら、先生は大人だからさ、子どもっぽいと疲れるだろうから、最近落ち着いた感じを目指してるし」

「ああ、だから妙に真面目くさった顔したりしてるんだっけ。あんまり意味ないけどな」

ばっさりと切られて、ぼくはむっと唇を尖《とが》らせる。

「なんでだよ？」

「だっておまえが大人っぽくなりたいっていうの、先生の元彼を意識してるんだろ？　このあいだ会ったひと。無理無理。あらためて観察して思ったけど、おまえとじゃ、ぜーんぜんタイプが違うもん」

「べつに意識してるわけじゃ……俺はただ——」

たしかに立花靖彦を気にしているせいもあるが、ぼくが早く大人になりたいと思うのはそれだけが理由じゃなかった。そんなつまらない対抗心だけじゃなくて——。

「——国巳ってさ、ほんとうに先生とやったの？」

まじまじと見つめられたあとに唐突に問われて、さすがに動揺する。

「……なんだよ、急に。おまえ、そういうこと想像したくないんだろ」

「したくないけど、一応確認しておこうと思って。俺、先生がそういう意味でおまえを受け入れるとは思ってなかったからさ。いまでも現場を目撃したわけじゃないし、ちょっと信じられないんだよな。最後までしたっていうのも、実はおまえの願望が募るあまりの妄想なんじゃないいかと思って」

自分でも「俺、まだ片想い中だっけ？」と何度も首をひねったせいもあって、すぐにはいかえせなかった。一瞬、「もしかして全部俺の妄想？」と考えてしまったことがかなしい。

「いくらなんだって、そんなことまで妄想しないよ。現実との区別はついてる」

「俺、このあいだ先生と商店街の本屋でばったり会ったんだよ。『国巳、最近元気なんですよ。いいことあったのかな』って話しかけたら、先生は表情ひとつ変えずに『平山《ひらやま》みたいないい友達がいるからじゃないか』ってさらりと返していったからさ。おまえとラブラブなことしてるなんてまったくうかがわせない余裕な態度で」

「前にもいったけど、先生が健史にボロだすわけないだろ。俺にだって、何年間も同じ態度だったんだから。なんでそんなことするんだよ」

「だって、おもしろいじゃん」

あっさりといわれて、ぼくは脱力した。健史は懲りた様子もなく、「なあ」とぼくの肩を抱いてくる。

「俺だってそりゃ興味あるよ。幼馴染《おさなな じ》みの親友が男と初体験したなんていったら。おまえだって、そのことで頭がいっぱいだから、先生が『キスはたまにしてくれる、でも二度目のエッチをしてくれない』って悩んでるんだろ？」

「頭がいっぱいって、そんなエロ関係のみで悩んでるわけじゃ……」

健史が「うそつき」といいたげに視線を投げてきたので、ぼくは唇を嚙み締めた。

「悩んでるっていうか、気になるけど……それよりも、先生と俺の気持ちがやっぱり違うのかなって思うんだよ。温度差っていうか、距離感っていうか。いまのままだと、相変わらず弟みたいだし、先生は俺の気持ちに根負けしただけみたいに思えるから」

「根負けしたんだろ？　それ以外に、なにがあるの？　そりゃ振られても振られても、あれだけ想われればフツーは逃げられなくなっちゃうって」

「……おまえ、いやなやつだなー」

こちらがいわれたくないと思っている台詞をずけずけいわれてしまう。たしかに図星なだけに、ぼくは真面目に悩むのが馬鹿らしくなってきた。

根負けした——だからこそ、諒一郎が受け入れてくれたのはぼくが望んでいる意味とはわずかに違うんじゃないかと気になるところなのだけど。

「はっきりといえば？　先生のほうから、もっと俺のことを求めてほしいんですって。でなきゃ不安だって」

「そんなアホなこといえるわけないだろ。あきれられるよ」

「いや、いえるいえる。一度振られた相手に、もう一度告白するほうが精神的にはキツイもん。その偉業をやってのけた国巳なら、絶対いえる。楽勝」

「……おまえに相談なんてするんじゃなかった……」

ますますがっくりとなるぼくを見て、健史は「駄目だな、国巳は」と笑った。

「そりゃ相手に負担をかけないようにするのもいいけどさ。おまえが悩んでるのを、先生が喜ぶわけないだろ。『どうして？』ってたずねれば、『なんだ、そんなことを気にしてたのか、馬鹿だな』って笑いとばされるに決まってるじゃん。それで一件落着」

「…………」

諒一郎がそう答えるところはぼくにも容易に想像できた。……そうなんだ、結局、ぼくがひとりで考えていてもどうしようもないことで。

「……ちょっと話してみるよ。いまのままだと、俺、また空回りしちゃいそうだし」

「そうそう。ちゃんとかわいい声でいえよ。『もっと俺のことを欲しがって』って」

健史の頭を軽くこづいて「ふざけるな」といいながらも、ぼくは少しばかりすっきりした気持ちになっていた。

七月に入ってすぐに期末試験が始まった。いやでも諒一郎のことで悩んでばかりもいられなくなって、ぼくは勉強に集中した。試験中は諒一郎も会ってくれるわけがないし、今回の試験はいままで以上に良い結果をだしたかったからだ。おかげで、成績は両親が「どうしたの」とびっくりするぐらいに上がった。

「すごいのね。よく頑張ったわ」

とくに母親は上機嫌で、試験の結果が返ってきたあとには、「お祝いになんでも好きなものを食べさせてあげる」というので、週末に家族そろって近所のなじみの寿司《すし》屋に出かけた。

諒一郎にも携帯で電話をかけて誘ってみたが、「都合がつかないから」とのつれない返事だった。しかし、忙しいわりに声自体はカリカリしているふうもなく穏やかだった。

『試験、よく頑張ったみたいだな』

「うん。……先生、部屋で仕事？」

『ああ。ちょっと片付けなきゃいけないことがたまってるから。おじさんたちによろしくいってておいてくれ』

「わかった」

諒一郎がこられないことを告げると、ぼく以上に両親のほうが「せっかくのお寿司なのに、もう諒一郎くんは真面目なんだから」とがっかりしていた。その様子を見ているうちに、ぼくは先日、諒一郎が家に夕飯を食べにきているときにどこか居心地悪そうにしていたことを思い出した。

ひょっとして今晩、諒一郎は外食につきあう時間もないほど忙しいのではないのかもしれない。だけど、ぼくたち家族と食事をするのはしんどいから出てこないのではないか——と急に思いあたった。

せっかく両想いになったのに諒一郎はどうしていままでと同じにぼくを弟扱いするんだろう、と不満に思っていたときにはわからなかったものが見えてきた。決してぼくを子ども扱いしてるわけじゃない。立花さんとタイプが違うこともまったく問題じゃない。

諒一郎はきっと――。

「ほら、国巳。どうしたんだ？　食べてないじゃないか。もっと頼まなくていいのか」

寿司屋のカウンターでぼんやりと考え込んでいると、すっかり箸《はし》が止まっていたぼくに父親が声をかける。

ぼくはそのとき、たぶん諒一郎と同じように居心地の悪そうな顔をしたに違いない。父親が「どうした？」と顔をしかめる。

「なんでもない」

作り笑いをしながらあわてて応える。父親は「ほんとか？」と疑わしそうに顔を覗《のぞ》き込んできた。最近、ぼくが鏡をよく見てたり、少し様子がおかしいところがあるから、なにか悩み事でもあるのかと危惧《きぐ》しているのかもしれない。

「少し一休みしてから、次に食べるのに備えてるんだよ。これから好きなネタ頼むとこ」

「そうか」とほっとしたような父親の笑顔を見た途端に、胸がちくりと痛んだ。

いま気づいてしまった、この後ろめたいような思いは一生消えない。だけど、どうしようもない。居心地が悪くても、ぼくは諒一郎のことが好きなんだから。

「……お父さん。俺、食べ終わったら、先生のとこに行こうと思ってるんだけど。土曜日だし、いいよね」

「諒一郎くんのとこ？　仕事で忙しいんだろう？」

「だから差し入れ。お寿司をつつんでもらって、おみやげにもっていく。先生のところで見たいDVDのシリーズがあるんだ。今夜、泊まらせてもらって、シリーズ全部制覇しようかな。前にも勝手に見てていいっていってたし」

「まあ、泊まるなんて駄目よ。仕事の邪魔しちゃ」

母親が眉をひそめてぼくを睨んでくる。

「とりあえずお寿司もっていくだけでも。どうせろくなもの食べてないだろうし。DVDは、先生が帰れっていったら、帰ってくるから」

ただ遊びにいくだけだったら反対されただろうが、差し入れをもっていくという理由のせいで、「ほんとに？　約束よ」と確認されただけで強くは止められなかった。両親はふたりとも、諒一郎にも食べさせてやりたかったと思っているのだから当然だ。もうひとりの息子のような存在なのだし——。

先ほどから心を刺している針が、さらにやわらかいところを刺す。痛いけど、でも諒一郎に会いたい。

夜だというのに、外はかなり蒸していた。折り詰めを作ってもらって寿司屋を出たのは九時近くだった。

諒一郎のマンションまで歩いても十分かからなかったが、気温が高いことが気になって小走りになった。途中で電話を入れようと思いつつ、走っているうちに忘れてしまった。

エントランスに入ったところで、電話をしてなかったことに気づきながらもエレベーターで上がる。

「——国巳？」

ドアを開けた諒一郎はかなり驚いた様子だった。息を切らしていたぼくは、とりあえず折り詰めを差しだす。

「お寿司の出前です」

事情が飲み込めない様子で折り詰めを受けとりながら、諒一郎はぼくを部屋に招き入れた。

「先生、ごはん食べちゃった？」

「いや、軽くすましたから——ありがたくいただくけど、なんで走ってきたんだ？」

「けっこう暑くて。お寿司が悪くなっちゃうんじゃないかって思ったから。保冷パックとかついてないし」

諒一郎はあっけにとられたようにぼくを見たあと、「そりゃご苦労様」と口許をゆるめた。

「おじさんたちは？　下で待ってるのか？」

「寿司屋のところで別れたから。今夜は先生のとこでＤＶＤのシリーズ見るから、ここに泊まるっていってきた」

「なんでそんなこといったんだ？」

「なんでって……仕事、忙しい？　相手してくれなくても、俺、勝手にＤＶＤ見てるし」

諒一郎は困ったようにためいきをつくと、「泊まっていい」とも「帰れ」ともいわないまま、ソファに腰をかけた。予想外の反応にうろたえながら、ぼくは諒一郎の隣に座り、詰め寄る。

「そばにいるだけでも邪魔？」

「――邪魔じゃないよ」

諒一郎は即座に応えると、頭が痛いというようにこめかみのあたりを押さえた。

「だけど、泊まるってのはどうかな。ＤＶＤ見るってのは、ここにくるためのいいわけだろ？　そういう嘘をおじさんたちについて――」

でも、そういう理由でなければ泊まる理由なんてなくなってしまう。少しでもふたりきりでいたいだけなのに。

泣き言は口にできなくて、ぼくは顔が歪《ゆが》むのをこらえるために唇を尖らせた。

「嘘じゃないよ。ほんとに見たかったんだから。先生、このあいだ買ったシリーズがあるっていったじゃないか。先生はお寿司食べたら、仕事してていいから」

「——そうか。わかった」

ぼくが強がっていることはお見通しなのだろうが、諒一郎も意地になったようにそっけなく応えただけだった。それ以上なにもいわないまま、キッチンでお茶を淹《い》れてきて、隣に座ってもくもくと寿司を食べはじめる。ぼくも目当てのＤＶＤをさがしだしてきてデッキにセットすると、再生ボタンを押した。

しばらく会話もないままに時間が過ぎた。諒一郎はすでに寿司を食べ終えてお茶をすすっていたが、ぼくは意地でも話しかけてやるものかと思いながらテレビの画面を凝視していた。見ているうちにじわじわと目の奥が熱くなってどうしようもなかった。せっかく部屋を訪ねてきたのに、口もろくにきかないうちに喧嘩《けんか》みたいになっている。どうしてこんなことになってしまうのか。

我慢していたものがこぼれそうになったとき、ふいに脇から諒一郎の手が伸びてきた。ぼくの頭をぽんと叩くと、そのまま引き寄せる。

「なんでむくれてるんだ？　俺は国巳に嘘つかせたくないんだよ。小さなことでも、だんだん積み重なっていくと、つらくなるだろ？」

囁《ささや》かれて、よけいにじわりと熱いものがあふれそうになってしまった。

「嘘なんかついてない。俺、ほんとにこのＤＶＤが見たいんだよ」

「じゃあいいよ、見てて」

諒一郎はそういいながらぼくの耳もとにキスをする。横から抱き込むようにして、耳たぶを軽く吸ったり、こめかみに唇を這わせる。当然のことながら「見てていいよ」といわれても、ＤＶＤの画面など目に入らなくなった。

「……んっ」

甘いくすぐったさに身をすくめて、動けなくなってしまう。諒一郎はそんなぼくのからだをさらに抱え込んでやさしく頭をなでる。

「諒ちゃんズルイ」

「なにがずるいんだよ」

諒一郎は苦笑しながら身を離した。

「そうやって、ちょっと甘くすれば、俺が抵抗できなくなっておとなしくなると思ってるところ。ごまかそうとしてる」

「ごまかそうとなんてしてないよ。国巳もずるいじゃないか。俺がドキリとする場面でいつも『諒ちゃん』って甘えた声で呼び方かえる」

「べつにわざとしてるわけじゃ……甘えてもないし。じゃあ、諒一郎はずるい！」

ぼくが厳しく声を荒げても、諒一郎はまんざらでもないのか楽しそうだった。

「――それもいいな」

いくら責めてものらりくらりとかわされるだけだった。健史にいわれたからじゃないけれど、やっぱりはっきりとストレートにいいたいことを訴えたほうがいいのかもしれない。

「……あのね、聞きたいんだけど、先生が俺にキスしてくれないのって、嘘をつかせたくないからなの？」

「キスはしてるだろ？」

「しても、ちょっとチュッてするだけじゃないか。さっきのもそうだけど……なんていうか、ただ甘やかしてるっていうか。……や、嫌いじゃないけど。だけど、このあいだも離れで軽くキスしただけで、さっさと帰っていくし」

諒一郎はあきれた顔で笑いだした。

「おじさんやおばさんが母屋にいるのに、俺にあそこでなにをしろと？」

「そりゃ……なにもしなくてもいいけど、もうちょっとなんていうか、ぎゅっと抱きしめてくれるとか、濃くしてくれるとか」

濃くって、なんだ？――と内心、自分自身で突っ込みを入れる。

「濃く？」

諒一郎が瞬《まばた》きをくりかえすのを見て、ぼくはあわてて「いいっ、いまの取り消し」とわめく。すると、諒一郎は「ふうん」と薄く唇の端を上げた。

「──国巳」

再び顔を近づけてきて、今度は唇にキスをする。「え」とびっくりした声を吸いとるように深く口を合わせて……。

「ん──んん……」

こわばっている口許をなでるように指さきをそえられる。

「口、開けて」

渇いた指のあとに、ぬるりとした舌がしのび込んできた。「んん」とぼくが顔をしかめるのがおかしいらしく、笑った息を吹き込まれる。

口腔《こうこう》を舌でさぐられているうちに、伝わってくる熱に頭のなかまで蕩《とろ》けていった。ようやくこわばっていた口許がゆるんで、舌がからみあう。口のなかから全身を諒一郎に吸いとられるみたいで、ぞくぞくする。耳もとや首すじを長い指でなでられるたびに、腰が震えた。

しつこく口を吸われたおかげで、エネルギーまで吸いとられてしまったみたいだった。すっかり全身の力が抜けて、ぼくはソファに座っていることができずに横に倒れる。諒一郎も一緒にからだを倒してきて、なおもぼくの口を甘いアメ玉でも舐《な》めているみたいにキスでふさぐ。

「……ん……んっ」

ようやく諒一郎がからだを離してくれたときには、からだがどうしようもなく火照《ほて》ってしまっていた。

放心したようなぼくを見て、諒一郎はかすかに笑うと、それ以上はなにもする気がないみたいにソファに座りなおした。ぼくはソファに倒れたまま、その横顔を眺める。

「――先生、キス上手《うま》いね」

「誰と比べて？　上手い下手《へた》がわかるのか？」

相変わらず憎らしい返答だったが、嫌味を返すことはできなかった。

「誰って……想像のなかの先生？　もっとぶっきらぼうな感じかと思ってた。空想のなかで、俺がいつも両腕を広げて、先生のことをつかまえようと待ってるとするだろ？　でも、先生はそばまで近づいても、最後はスルッと逃げちゃう感じだったから」

「――へえ」

諒一郎は小さく呟《つぶや》くと、声もないままに肩を震わせて笑いだした。

「なんで笑うんだよ。だって、俺は諒ちゃんに『キスして』って頼んでもしてもらえなくて、振られたんだし。いろいろなこと想像するに決まってるじゃないか」

「考えても、普通はいわないだろ。しかも本人の前で」

「それは誰って聞くから」

再び笑われてしまい、ぼくは黙り込む。つい先ほどまであれほど熱っぽいキスをしたくせに、諒一郎が和《なご》やかな表情を見せるのが解《げ》せなかった。ぼくに対して激情を抱《いだ》かないのは知っているけど、もう少し熱くなってほしいと贅沢《ぜいたく》なことを考えてしまう。

「そうか。国巳はいつも宇宙と交信してるのかと思ってたら、そういうことを考えてたんだな」

違う。ほんとうに聞きたいのはキスのことじゃなくて……。

ぼくもいいかげん焦《じ》れてしまっていた。ソファから起き上がると、一回深呼吸してから、恥じらうことも忘れて単刀直入にその疑問を口にする。

「もうひとつ聞いていい？　先生、なんで俺としないの？　その……最初にしたときから、二度目をしてくれない」

これで揶揄《やゆ》するようなことをいわれたらさすがに凹《へこ》むところだったが、諒一郎は難しい顔つきで黙り込むだけだった。

「先生がなにを気にしてるのかはなんとなくわかるんだけど――それだけじゃなくて、俺がほんとは先生のタイプじゃないからとか？　実際してみて、やっぱり弟みたいにしか思えないとか……そういう理由もある？」

「ばーか」

即座にいなされたことに腹をたてながらも安堵《あんど》する。諒一郎は心底あきれているようだった。

「それで大人っぽくなろうとしてるのか?」

「だって変じゃないか……。一度はしてくれたのに、あれから全然……」

しばらく考え込んでから、やがて諒一郎はまいったなというように息を吐く。

「——せめて高校を卒業するまで、次は待とうかなって考えてただけだよ。あのときは国巳が恋人らしいことをしたいっていったから抱いた。俺もいままでとは違って、ちゃんとそう考えてるってことを伝えたかったから、後悔してないけど」

思いがけない返答に、ぼくは「え」と固まる。だいたいそういうことじゃないかとは思っていたけど、まさか卒業するまで二度目をおあずけするなんて遠大な計画を考えているとは予想していなかった。

「え……、それで平気なの?」

「平気もなにも、俺はずっと国巳を自分のものにするなんて考えないようにしてたから」

「だ、だって——諒ちゃんは俺を欲しくないの?」

それだけはいうまいと思っていた台詞が口をついてでる。諒一郎が目を丸くするのを見て、ぼくも恥ずかしくなった。

諒一郎は困った様子でいったん視線を落としてから、深いためいきを洩らして苦々しげに笑う。

「国巳はさ……俺を男だと思ってないんだろ。俺がおまえを弟扱いしてるっていうよりも、そっちのほうが問題なんじゃないか。だから、そうやって人を惑わすようなことを簡単にいえる。『欲しくないの？　平気なの？』って。それは欲しいし、平気なわけがないだろ」

はっきりとうれしい方向に肯定されて、問い詰めているぼくのほうが真っ赤になってしまった。

ほら、やっぱり聞いてみないとわからない。きっとそうなんだろうって、頭のなかだけで考えていてもどうしようもないのだ。きちんと言葉にして伝えないと。

ぼくは諒一郎を恨めしげに見た。

「諒ちゃんだって、俺を男だと思ってないじゃないか。さっきもいったけど、俺だって男だし、諒ちゃんといろんなことするの想像してたし。好きなんだから、そういうことしたいって考えるのは普通じゃないの？」

諒一郎は不意打ちをくらったみたいにぼくを見つめてから、「なるほど」と呟いた。

「だから、俺は諒ちゃんと今夜——」

諒一郎はすばやく「ストップ」と、ぼくの口を手でふさいだ。

「おまえは直球勝負しすぎ。もうこれ以上、俺を刺激して興奮させないでくれ」

ぼくはフガフガともがいて、諒一郎の手を外して睨みつける。

「興奮なんてしてないくせに。諒ちゃんはいつも俺に適当にチュッてキスして、なだめればいいと思ってるだけじゃないか」

「——興奮してるさ」

諒一郎はふいに顔を近づけてきて、至近距離からぼくを見た。興奮しているというよりはやけに冴《さ》えた表情だったが、張りつめたような緊張感にぼくは息を呑んで目をそらす。

じわじわと目許から熱が広がっていった。その熱をなだめるように諒一郎の手が伸びてきて、耳から頬の線をそっとなでる。

やさしくふれられているだけなのに、先ほど深いキスをされたときよりも、なぜか怖いような気がして肩が震えた。抱きしめてほしくてしようがなかったはずなのに、逃げだしたくなってしまう。

「……り、諒ちゃんが帰れっていうなら、今日は帰るよ。親たちにも『仕事の邪魔するな』っていわれたし」

「帰さない」

耳朶《じだ》にキスしながら囁かれて、金縛りにあったように動けなくなった。こういうときだけ甘い声になるのはほんとうにズルイ。

諒一郎はふっと表情をゆるめてから、叱《しか》りつけるような目をする。

「でも、今夜だけ特別な。毎週泊まるっていってマンションにこられるのは困るから」

「う……うん」

「——ごめんな。国巳に嘘つかせて」

笑った口許が近づいてきて、そのままキスで口をふさがれた。

「……ん」

ベッドに横たわって足を大きく広げられた格好で、下腹に顔を埋《うず》められる。ふうっと腿《もも》の付け根に息を吹きかけられただけでも、ぞくぞくした。ぼくが声をこらえるたびに、諒一郎はさらに感じやすいところに舌を這《は》わせていく。

「も……いい。俺、この格好やだ……」

「——どんな格好ならいい？」

たずねられても、答えられるわけがない。ぼくはなにもいえないまま、諒一郎の頭をなんとか押しのけようとしながら、乱れた息を吐く。

「……ん……んっ」

口のなかでは出したくなかったのに、諒一郎がなかなか離してくれないので、「やだ」といいながらそのまま放出してしまった。

ハア、と荒い息が洩れる。顔を上げた諒一郎の濡《ぬ》れた口許と、飲み込んだ喉がごくりと動くのを見て、ぼくは真っ赤になった。

「……の、飲んだ。諒ちゃんのエロ」

「この状況で、俺だけエロって非難されるのはどうなんだ？」

諒一郎は不本意そうに呟いて、からかうように「誰のだっけ」といいながらキスしてくる。思わず顔をしかめてしまった。

さすがに諒一郎は苦笑して、やれやれといったん上半身を起こした。

「我慢してれば、『欲しくないの？』って責められるし、こうやって抱けば『エロ』って罵《のの》しられるし、俺はいったいどうすればいいんだろうな」

「……俺、つまらない？」

たしかに最中に顔をしかめるなんて子どもっぽすぎたかもしれない。恥ずかしくて照れるあまり、自分でもどういう態度をとっていいのかわからなくなるのだ。

諒一郎はおかしそうに小さく笑うと、「いや、楽しいよ」と返してきた。楽しい、といってもベッドの上での楽しみという意味ではないだろう。色っぽい雰囲気で抱きあうつもりが、どうして途中で脱線してしまうのか。

「諒ちゃんの好みって、どんななの？　すぐには無理でも、俺、そういう雰囲気になれるように頑張るから」

こんなときに思い出したくもなかったが、立花の顔が脳裏にちらちらと浮かんでいた。自分で考えたくせに、ムカムカして気分が悪くなる。

諒一郎は意外そうにぼくを見たあと、ふうっと息をついた。

「――国巳」

名前を呼ばれて、「なに？」と返事をすると、諒一郎は「違う」と首を振った。

「どんなのが好みって聞いただろ？　その答え。国巳だよ」

「う、嘘だ。それはさすがに嘘だっ」

「なんで嘘つくんだよ」

「――」

こんなときに、「でも以前つきあってた人はまったくタイプが違うじゃないか」といいかえすほど、ぼくも無粋ではなかった。自惚《うぬぼ》れかもしれないけど、諒一郎が本気でそういっていることが伝わってきたから。

「国巳だけは駄目だって考えてたのにな。俺もとうとう我慢できなくなって、こうやって大切にしてる子に『エロ』って罵られるようになってしまった。おしまいだな」

「……罵ってない。は、恥ずかしいから。諒ちゃん相手だと、なんか照れるし」

諒一郎はそれを聞いて再び笑った。

「ほらな。やっぱり俺のほうが国巳のことを好きなんだよ。俺は恥ずかしくもないし、照れないよ」

「それは諒ちゃんが図太いからだろ」

「違うよ。国巳がそれだけ欲しいからだよ。我慢しなくてもいいなら、たくさん欲しい。照れたり、恥ずかしがるひまもない」

嘘つき——ということもできなくて、ぼくは布団の上でごろりと転がって背を向けた。歯の浮くようなことを堂々というわりには、こちらが焦れるくらいなにもしやしないのに。

心のなかで呟いているのが聞こえたのか、やがて諒一郎が再び覆いかぶさってきた。背中にくっつけられる体温。

ふれられることはいやじゃないのに、その熱を感じとった途端に緊張して、いちいちビクついた動きになってしまう。心とからだの欲求がなぜかちぐはぐなままで——。

「国巳……恥ずかしいなら、目をつむってればいいから。ゆっくりと慣れればいい。俺はおまえにいきなり大人の色気のある男になってくれなんて思ってないよ」

「それ、要求されても無理だし……」

「そう、無理しなくていい」

背中から回された腕がぼくの胸をやさしくなでる。首すじにチュッとキスされながら、胸の突起をいじられているだけで甘いものが全身に広がっていった。小さな粒をいやになるほど指でさすられて、「あ……」と声が洩れてしまう。

「や……そこも、そんなにさわっちゃいやだ……」

「くすぐったい？　でも、少しだけ——な？」

やさしく後ろから抱かれて、下腹のほうにも手を伸ばされて愛撫《あいぶ》される。いわれたとおりにずっと目をつむっていたけれども、耳たぶを舐められながら、乱れた息とともに腰のあたりに硬いものをこすりつけられて、さらに全身の体温が急上昇した。

自分から「なんで二度目をしないのか」と詰め寄ったくせに、相手の生々しい欲望を感じとったところで逃げだしたくなるなんて情けなさすぎる。

とっさに腰を引きかけてしまったのだが、諒一郎は気を悪くしたふうもなく、あやすようにぼくの耳にキスしながら、しっかりと押さえつけて自分のほうに引き寄せた。

「つらかったら入れないから……このあいだ平気だったか？　しんどかったろ」

「……う、ううん……平気」

ぼくは心臓がどうにかなるんじゃないかと思いながら、小さな声でお願いした。

「……してほしい、ちゃんと」

「わかった」

諒一郎はベッドサイドからなにかをとりだすと、潤滑剤らしきものをぼくの後ろのくぼみに塗って、指を入れる。濡れた音とともに入ってくる異物感にしかめっ面《つら》になっていると、皺の寄った眉間にキスをされた。

「……ん」

ぼくの後ろをていねいに慣らしながら、諒一郎は時折、押し殺したような息を小さく吐く。

たぶんぼく相手だから、性急にことをすすめないようにこらえているのだろう。その抑えた吐息を感じるたびに、ぼくの内部はよけいに熱くなってしまう。

「国巳……腰、上げて」

うつぶせの体勢で覆いかぶさられて、からだをかさねられる。ビクン、とこわばった背中にキスが落ちてきた。ぞくぞくしたものが全身を駆け巡る。うなじに吸いつかれて、ぼくが熱い息をこぼすと、指でゆるまされたそこに限界まで膨らんだ硬いものが押しつけられた。

「あ——」

待っていたように、そこがひくついてしまうのがわかった。もう我慢しきれないとばかりに、諒一郎のはっきりと乱れた呼吸が首すじにぶつかるのと同時に、大きなそれが中に入ってきた。

ゆっくりと根元まで収めて、諒一郎はぼくの耳朶を噛む。

「国巳——」

なじませるように軽く揺さぶられて、徐々に深く、激しく突き上げられる。

「……あ……や……諒ちゃん。ん——」

諒一郎がやたらと甘くせつないような声で名前を呼んで揺さぶるので、ぼくもつられたように恥ずかしい声を上げるはめになった。

「……ん、やっ……あ」

「……国巳、国巳」

容赦なく入り込んでくる熱に、息も絶え絶えになる。「もういやだ」と訴えても、さらに深くつながるように引き寄せられて、奥まで貫かれる。

「や――」

声にもならない荒い息を吐いているうちに意識が蕩けてしまい、なにがなんだかわからなくなった。


終わったあと、そのまま眠ってしまったらしかった。カーテンの隙間《すきま》から忍び込んでくる光にはっとして起き上がると、諒一郎の姿は隣になかった。

すでに窓の外は明るい日差しが照りつける時刻だ。ぼんやりしているうちに、昨夜、最中に何度も後ろから「国巳」と甘い声で呼ばれたことを思い出した。もう無理だといっても離してくれなくて。なかなか二度目をしてくれないと思っていたのに、いきなりあんな……。

――やっぱり諒ちゃんはズルイ。

ひとりで顔を赤くして突っ伏していると、やがて部屋のドアが開いた。シャワーを浴びたらしく、諒一郎が濡れた頭をタオルでふきながら入ってきた。

「起きたのか。よく寝てたな。もう十一時過ぎてるよ。十時頃におばさんから電話がかかってきて、俺は起こされたんだけど」

「え、母さんが」

ふんわりと甘い気分も一瞬のうちに消え去って、ぼくは起き上がって姿勢を正す。

「なんていってきたの？」

「仕事の邪魔じゃなかったかって。一晩中勝手にＤＶＤ見てたみたいで、まだ寝てるっていっておいたけど」

「……すみません」

さすがに母親のことを考えると、この場にいるのが気まずくなって、ぼくはうつむく。まさか母親は息子がこんなことをしてるなんて思いもしないだろう。

ふいに諒一郎がベッドの脇に座ると腕を伸ばしてきて、ぼくの頬からこめかみに手を這わした。やさしくいたわるような目をして。

「――俺は、おじさんとおばさんに殺されても文句いえないな」

ぼくは目を瞠《みは》る。

「なんでそんな物騒なことというの？」

「いいんだよ。殺されても。俺はそのくらい国巳が欲しかったんだから。死んでも後悔はない」

「……そんなことといわないでください」

諒一郎は覚悟を決めたみたいにやたらと落ち着いているけれども、自分にすべて責任があるみたいにいってほしくなかった。

胸にちくりとした痛みが甦《よみがえ》る。親たちに嘘をついているときに覚えた罪悪感。諒一郎もぼく以上にそれを感じているに違いなかった。

「──俺、諒ちゃんだけを悪者になんて絶対にさせないから」

その一言を搾《しぼ》りだしたら、いいたいことがあふれてきて止まらなくなった。

「俺が勝手に好きになったんだから。諒ちゃんは何度も拒んだのに、俺がしつこくあきらめなかったんだから……もし親になにかいわれても、絶対に諒ちゃんひとりを責めさせない」

ぼくの必死の形相《ぎょうそう》に、諒一郎は驚いたようだった。

「国巳……」

「だから俺、今回の試験もいままで以上に頑張ったんだ。誰にも文句なんかいわせないように……俺はちゃんといい成績で大学に進むし、誰からも悪くいわれないところに就職する。すぐには無理だろうけど──親たちにもちゃんと理解してもらえるように、痛いところをつかれないような大人になる。だから、待ってて。先生が俺の親に申し訳ないとか、負担に思ってるのはわかるけど……毎週末、ここに泊まりにきたいなんてわがままもいわないし──俺のこと、待ってて」

諒一郎が両親の前で居心地の悪そうな顔をしていると気づいたときから、ずっとそのことを伝えたいと思っていた。

ぼくが最近、大人っぽくなりたいと思うのは、なにも過去につきあっていた立花への対抗心だけではない。諒一郎とのこれからのことを考えているからだ。ぼくは早く大人にならなきゃ——諒一郎にひとりで責任を負わせなくてもすむように。

諒一郎はどこか力が抜け切ったようにうつむき、前髪をかきあげて「はーっ」とためいきをついた。やがて顔を上げて、「まったくこいつは」といいたげに睨むみたいな目をして笑った。

「諒ちゃん、俺、変なこといった？」

「変じゃないけど、ストレートすぎる。心臓に悪い」

どこが悪かっただろうかと自らの言葉を反芻していると、諒一郎は柔和な眼差《まなざ》しを見せて、ぼくの手をそっと握りしめた。

「待ってるもなにも……俺にはもうおまえしかいないんだよ。そういっただろ？」

「でも、諒ちゃんは俺のことを一度振ったし、『おまえなんか対象外だ』って態度をずーっととられ続けたし、ちゃんと確認しておかないと俺なりに不安が……」

「そうか。俺は悪いやつだな」

思わず「そうだよ」と唇を尖らせると、諒一郎はおかしそうに声をたてて笑いだした。そうして、あらためてぼくの手を両手で握りしめる。

「ほら、このあいだもいったけど――国巳は手が大きいだろ。足のサイズも大きいし、おじさんも背が高いほうだし、まだまだ伸びるよ。成長期なんだから。きっとすらりとした、いい男になる」

「ほんと？」

「ほんとだよ。いまから大人っぽく振る舞わなくても、自然に大人になるから」

それはわかっているけれども、目の前に追う背中がある限り、時折転びそうになりながらも、ぼくは突っ走らずにはいられないのだ。この先だって甘いことばかりじゃない。きっと苦いことだってあるに違いないと知っているけれど――。

「……諒ちゃん、待っててくれる？」

諒一郎はさらにやさしく目許を和ませた。

「国巳は俺のことをずっとあきらめないで待っててくれたもんな。それはもうしつこく」

「しつこいはよけい」

「自分でさっきそういったんじゃないか」

またからかわれて、いいようにかわされるだけじゃないかと思いながら、ぼくは諒一郎を睨みつけた。

「――待ってるよ」

穏やかな笑顔を向けられて、茫然《ぼうぜん》と諒一郎の表情を見つめる。

「今度は俺が国巳を待ってるから。いつまでだって……だから、そんなにあわてて無理するな」

諒一郎は微笑みながら、ぼくの頬にそっとキスをした。外がいっそう明るくなったのか、カーテンの隙間から伸びてきた日の光が、ちょうどぼくの目を突く。

瞬きをくりかえした瞬間、頭のなかに閃《ひらめ》く映像があった。

諒一郎は以前、ぼくがいずれ離れていくかもしれないと先の見えるようなことをいっていたけれども、ぼくには違う未来が——そのときはっきりと見えた。

ぼくはきっと誰にも文句をいわせないような大人になる。そのときには背ももう少し伸びて、諒一郎がいったようにすらりとしたからだつきになって、顔立ちも年齢に相応《ふさわ》しい青年のものになっている。諒一郎はそんなぼくを見て、「国巳も立派になったもんだ」と少し皮肉げな口をきくのだ。

そして「待ってたよ」とうれしそうに口許に笑いを浮かべる——そんなところまでもが一瞬にして浮かんで消えていった。正夢を見るように。

「うん——」

ぼくはぼんやりとしながら、その未来の諒一郎に応えるように表情を綻《ほころ》ばせる。

「うん、待ってて。そんなには待たせないから」

あとがき

はじめまして。こんにちは。杉原理生です。

このたびは拙作『ハニーデイズ』を手にとってくださって、ありがとうございました。数年前の雑誌掲載作になります。

当時は「年の差もの」をあまり書いたことがなくて、苦戦した記憶があります。わたしはどちらかというと、それまで「同級生もの」が多くて、十歳以上の年齢差は書いたことがなかったのですね。諒一郎がなかなか頑固で手をださないのは、作者自身があれこれ試行錯誤していた結果でもあります。単純に「耐える男」を書くのが好きというのもありますが。

文庫化するにあたって、かなり改稿したので雑誌掲載時よりも読みやすくなっているといいのですが、いかがでしょうか。

さて、お世話になった方に御礼を。

イラストは青石ももこ先生にお願いすることができました。一枚一枚が場面に相応しい構図になっていて、人物の表情も繊細に描いていただきました。個人的には諒一郎が国巳の足をさわっているイラストがお気に入りです。素敵な絵をありがとうございました。

お世話になっている担当様、今回は大幅に改稿したものの、データを送った時点でもうそんなに直しはなくて余裕のはず……と思いきや、著者校正の段階でまたちょこちょこと汚いくらいの修正を入れてしまい申し訳ありません。これからも頑張りますので、どうぞよろしくお願いいたします。

そして最後になりましたが、読んでくださった皆様にもあらためてお礼を申し上げます。

国巳はこのあと、背がすらりと伸びて、ベビーフェイスの面影はそのままに素敵な青年に成長する予定。数年後に偶然立花と街中で再会し、「やあ、格好よくなったね」と声をかけられるのですが、いくら外見が大人になっても性格は変わっておらず、苦手意識丸出しで猫が毛を逆立てるようにして威嚇する——なんてことを書下ろしを書きながら考えました。

初稿時は苦労して書いた「年の差もの」ですが、いまは好物になっているのが時の流れを感じます。好きなものは増えても減ることはないのが、お話を書いている楽しみのひとつであったりします。

読んでくださった皆様にも楽しんでいただければ幸いです。

杉原　理生

✦初出　ハニーデイズ……………………………小説b-Boy'07年2月号
※単行本収録にあたり、加筆修正しました。
スイートビターキャンディ…………書き下ろし

杉原理生先生、青石ももこ先生へのお便り、本作品に関するご意見、ご感想などは
〒151-0051 東京都渋谷区千駄ヶ谷4-9-7
幻冬舎コミックス　ルチル文庫「ハニーデイズ」係まで。

幻冬舎ルチル文庫
ハニーデイズ

2010年10月20日　第1刷発行

| | |
|---|---|
| ✦著者 | 杉原理生　すぎはら りお |
| ✦発行人 | 伊藤嘉彦 |
| ✦発行元 | 株式会社 幻冬舎コミックス<br>〒151-0051 東京都渋谷区千駄ヶ谷4-9-7<br>電話 03(5411)6432[編集] |
| ✦発売元 | 株式会社 幻冬舎<br>〒151-0051 東京都渋谷区千駄ヶ谷4-9-7<br>電話 03(5411)6222[営業]<br>振替 00120-8-767643 |
| ✦印刷・製本所 | 中央精版印刷株式会社 |
| ✦検印廃止 | |


ISBN978-4-344-82081-4　C0193　Printed in Japan